ソロキャン！

秋川滝美

JN031612

朝日文庫

本書は書き下ろしです。

Solo Camping!

CONTENTS

第一話　そのはじまり　11
第二話　まずは日帰りで　71
第三話　取り戻した楽しみ　127
第四話　やぶれかぶれキャンプ　189
第五話　焚き火呑みの夜　231

ソロキャン！

地面に耐火マットを広げる。これが焚《た》き火への第一歩だ。

昨今は、ずさんな後始末による延焼やあとから来た人が知らずに上を歩いた際の火傷《やけど》などを防ぐ目的から、地面の上で直接火を焚くことを禁じているところが多い。

焚き火台や焚き火グリルの使用は当たり前になっているが、さらに、ガラス繊維製の耐火マットを使うことによって、地面に与える熱の影響をより減らすことができるのだ。

焚き火グリルに細く割った薪《まき》を組み上げる。一番下に着火剤を入れ、着火ライターで火をつける。できる限り道具は使わないのがモットーという『真のブッシュクラフター』ではないので、便利なものはなんでも使う。とりわけ着火については、早くつきさえすればいい。一刻も早く炎が見たい、ただそれだけだった。

着火剤は一気に燃え上がり、炎が細い薪を包み込む。この炎がちゃんと薪に移るのか、それともこのまま消えてしまうのか。どうかついてくれ、と祈りながら見つめる。

着火剤の勢いが徐々に衰えていく、それでも炎は消えない。どうやら無事に薪が燃え始めたようだ。

焚き火の炎は、ガスコンロの安定した青い炎とはまったく違う。まるで生きているかのような橙色《だいだいいろ》の揺らめきが、徐々に周囲を温める。炎が持つ熱の効果だけではなく、炎の存在そのものが心の闇を照らし、身体の中から温めてくれる気がするのだ。

心ゆくまで炎を眺めたあと、焚き火グリルに鉄板をのせる。

縦十三センチ、横十八センチというおもちゃみたいなサイズだが、厚みはけっこうあるので肉を焼くにはもってこいだ。

鉄板が温まる間に、クーラーバッグから肉を取り出す。鶏、豚、牛……どんな肉だって焚き火で焼けばそれだけで美味《おい》しいが、ここは贅沢《ぜいたく》に牛ヒレステーキといこう。もちろん、サイズはこの鉄板にはちょうどいいものを選んである。

さすがに最初は強火にしたい、とまた一本細い薪をくべる。

鉄板の上に、牛脂の固まりがプロスケーターさながらのスピードで滑り出す。鉄板が温まった証《あかし》だ。きれいな円筒形に整えられた牛脂は少々興ざめだが、無料でもらえるのだから文句を言っては罰《ばち》が当たるというものだ。

やがて白いスケーターが姿を消した。満を持して肉をのせる。

ジュ－ッという音、立ち上る芳香……すべてひとり占めだ。ステーキのお供はウイスキーと決めてきた。ミニボトルではあるが、シングルモルトの人気銘柄で、タンブラーに注《そそ》ぐと肉とは異なる種類の芳香に鼻孔《びこう》をくすぐられる。

氷をふたつみっつ、さらによく冷えた水を足し、肉をひっくり返す。お気に入りの酒とほどよく焼けた肉、そしてなにより橙色に燃える炎と過ごす夜……

肉も酒もなくなったあと、薪を足されなくなった焚き火は徐々に終焉《しゅうえん》に向かう。少しずつ熱と明るさを失っていく様すらも愛《いと》おしくて、ずっとずっと眺め続ける。

　突き詰めれば酒も肉もなくてもいいのかもしれない。そこに焚き火が、焚き火さえあれば、ほかになにもいらない。

　焚き火との付き合いを失ってからどれほど経つのだろう。あのころに帰りたいという思いは日に日に高まる。

　やってやれないことなどない。今こそ、天国を取り戻すための第一歩を踏み出すときだった。

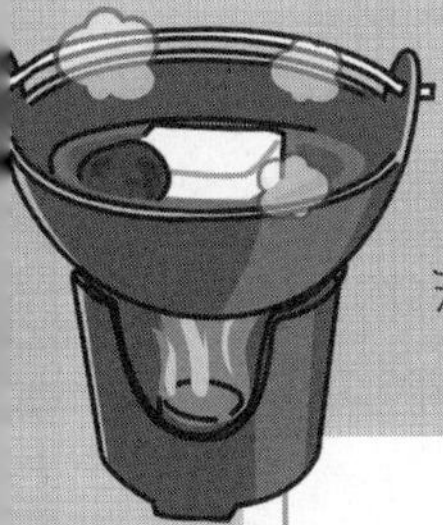

湯豆腐

ガスバーナーコンロ

Solo Camping!

第一話

そのはじまり

焚き火

焚き火グリル

ミニステーキ

ミニコンロ

三月第二週の月曜日、いつもどおりホームに電車が滑り込んできた。榊原千晶《さかきばらちあき》は窓に目をやり、乗っている人間の多さに短いため息をつく。

ターミナル駅ではないため、この駅が始発となる電車はない。いや、あるにはあるのだが、千晶が利用する路線ではないのだ。

朝夕のラッシュ時は郊外から客を拾いながら走ってくるため、この駅に着くころにはほぼ満員、座れる可能性はないに等しい。だが、ここから勤務先の最寄り駅までは乗り換えなしで四十分弱、歩く時間を入れてもなんとか一時間で職場に辿《たど》り着ける。事故や悪天候で運休や大幅な遅延が発生したときは、時間はかかるにしても別の路線を使うことも可能だ。多少混雑はするものの、首都圏の通勤事情を考えれば、恵まれているほうだろう。

榊原千晶は二十九歳、総合スーパー『ＩＴＳＵＫＩ』を軸とするグループ会社『五木ホールディングス』に勤めている。

この仕事に就いてもうすぐ五年になるが、浪人や留年、転職を経験したわけではない。興味が持てる分野が学べ、民間とはいえカウンセラーとして働くのに役立つ資格も得られるということで心理学部に進学したまではよかったが、六年かけて得た資格を生かせる職に就くことができず、やむなく採用人数が多かった流通業に応募し、なんとか採用された。入社五年で二十九歳という年齢には、そういう経緯があった。

大学を選ぶときに就職事情についてもっと調べればよかった。資格を取っても職にあぶれるなんて思いもしなかった愚かさを責めたところで後の祭り……

それでも当時は、土壇場の鞍替《くらが》えにしては大手である『五木ホールディングス』に職を得られた自分を褒めたものだ。

総合スーパーといえば販売職と思われがちだが、千晶は商品開発、主に食品の新製品開発に携わっている。

千晶も入社当初は売場に立っていたが、二年ほどで商品開発部に異動になった。思うに、こいつは食い意地が張っているから食品の商品開発をやらせたら面白そう、もしくは販売員としての適性がないと判断された、そのどちらかだろう。

異動に伴って千葉から都内に引っ越すかどうかは悩みどころだったけれど、もともと実家は千葉にあり、就職した際にひとり暮らしを始めたものの、借りたアパートは実家からさほど離れていない。商品開発部の近くに引っ越せば実家から遠くなるし、都内は家賃も高い。今のままでも職場までは一時間弱なので、そのまま住み続けることにしたのである。

千葉に留《とど》まったのは納得の上だ。それでも、毎朝ホームに入ってくる電車を見るとげんなりする。満員電車も渋滞も無縁で、自転車ですいすい通勤していたころが懐かしくなる。とりわけ月曜日の通勤時間は苦痛だ。

のんびり週末を過ごしたあと、ぎゅうぎゅう詰めの電車に乗って働きに行く。ゼロに向かっていた疲れのインジケーター表示が増加に転じる境目だ。しかも、そのインジケーター表示は年々ゼロに近づくのを嫌がるようになってきた。それまでやっていた販売とは畑違いの仕事という面もあるが、実は商品開発部の業務が想像以上に大変だったのだ。

ただし、これは千晶自身に責任がある。もともと料理好きで、レシピを参考にはするものの自分の舌に合わせて調味料を加減する、入っていなかった食材を足す、なんてことを日常的にやっていた千晶にとって、商品開発、しかも新しい食品を作り出す仕事が楽しくないわけがない。

漠然とアイデアを出すだけに留まらず、四六時中、いかに商品化を成功させるか、どの地区のどんなタイプの店舗に置けば売れるか、を考え、レシピまで提案するようになった。

具体的な商品を提案するためには、商圏や客の動線調査も必要となる。オフィスと外を行ったり来たりで、体力も削られ、週末に休んでも回復しきれなくなった。

週末に取り戻した体力を三日、どうかすると二日ぐらいで使い果たしてしまう。結果として疲れは溜《た》まる一方、まだぎりぎり二十代だというのにこの体たらく、この先どうなるのだろうと微《かす》かに不安を覚える。

今はまだ、とにかく楽しいんだから、と考えて動けているが、そのうち体力のなさに足を引っ張られる日が来る。なんらかの対策が必要な気がしていた。

「おはようございます！」

オフィスのドアを開けながら、声を張る。そんなエネルギーは温存しろ、と思わないでもないが、売場に立っていた二年で染みついた習慣はなかなか消えない。空元気でも出さないと一週間を乗り切れそうにないし、挨拶は人間関係の基礎だから、これはこれでよし、と思うほかはなかった。

「はい、おはよう。榊原さんは今日も元気だね」

柔和な笑顔で迎えてくれたのは、商品開発部デリカ食品課課長の鷹野瑞樹《たかのみずき》。確か四十五歳になったばかりで、同い年の妻との間に娘がひとりいる。もともと気むずかしい子らしく、夫婦して扱いに四苦八苦しているようだ。

とはいえ、これは鷹野本人ではなく妻の里咲《りさ》から聞いた話だ。

実は千晶は鷹野の妻とも面識がある。面識があると言うよりも、鷹野家との関係は妻の里咲から始まった。なにせ鷹野夫婦は職場結婚で、里咲は千晶が最初に配属になった店舗に勤めていた。彼女は現在もその店にいるが、同じフロアで働いていたこともあって話す機会も多く、家族の話もちょくちょく聞かされていた。

子育てにはいささか苦労しているとは言え、ふたりは仲のいい夫婦で、異動先に里咲の夫がいると聞いたときはかなりほっとした。面識はないまでも、里咲の夫なら……と思えたのである。

予想に違《たが》わず、鷹野は極めて温厚かつ優秀な上司で、商品開発のなんたるかも知らなかった千晶にあれこれ教えてくれた。商品開発は、企画しても商品化に至らないことも多い仕事だが、三年の間に千晶が企画した商品もいくつか売場に並んだ。

大ヒットとまではいかなかったが、今でも売られているところを見ると、それなりに人気はあるのだろう。素直に嬉しいし、これからも頑張ろうと思う。これも偏《ひとえ》に、アイデアを出すたびに感想やアドバイスをくれ、企画が採用されずに落ち込む千晶を励まし続けてくれた鷹野のお陰だった。

「元気と丈夫さだけが取り柄ですから」

通勤途中の『うんざり感』を振り払うように、明るく応える。そんな千晶に軽く頷《うなず》きながら鷹野が言う。

「あのプチサイズのグラタン、調子いいみたいだよ」

「ほんとですか！」

「ああ、味はもちろん、榊原さんのアイデアで、今まで売られていたものより一回り小さくしたのがよかったみたいだ。美味しいものは食べたいけどたくさんは食べられないっていう女性やお年寄りを中心に数字が伸びてる」

「やったー！　じゃあ、ほかの『女性やお年寄り向けシリーズ』もいけそうですかね？」

「もうちょっと様子を見ないとなんとも言えないけど、サービスといえば値引き、あるいは増量ってイメージがある中、プチサイズでも良質な素材を使って売価を下げないってやり方もあるってことは示せたかな」

「カロリーを抑えたいって女性は多いし、お年寄りは食が細りがち。美味しいものをちょっとだけ作戦は大成功ですね！」

件《くだん》のグラタンは、一年近くかけて開発したものだが、途中で何度も投げ出しそうになった。そもそも千晶が、とあるレストランのグラタンに魅入られ、なんとかコラボして商品化できないかと交渉を始めたのだが、店主は端《はな》から相手にしてくれなかった。自分の味を、自分の店以外で売るつもりなどない、と門前払いされたのである。

郊外の知る人ぞ知る名店で、ろくに宣伝もしていない。店主だって四十にもならない若さだから、大手スーパーとコラボすることで名を挙げて売上げを伸ばしたいに違いない、と思っていた千晶にとっては大誤算だった。

それでも諦めず、何度も足を運んで説得を続けた。「あの店はこの程度か……」なんて絶対に言わせない。素材も調理法もできる限り店に近づけるよう努力する。もちろん安売りはしない、という約束の下、なんとかＯＫを取り付け、試作を繰り返した。『プチサイズ』というのは、スーパーの総菜売場に相応《ふさわ》しい価格を維持するための苦肉の策、『女性やお年寄り向け』というのも、後付けのコンセプトにすぎない。

だが、売れさえすればコンセプトなんてどうでもいい。勝てば官軍だ。方向性は間違っていない。あのレストランには、ほかにも魅力的なメニューがあるから、もう一品、二品加えるもよし、ほかの店とコラボするもよし。オリジナルで小サイズ商品を作るのもいいだろう。

鷹野が見せてくれた売上数字は、千晶の予想を大きく超えていた。発売当日に見に行ったときはほとんど手に取る人はいなかったけれど、あれは月曜日の朝一番だったからだろう。他に回らねばならないところがあったためやむなく引き上げたが、昼から夕方に向けて少し数字が伸びたと聞かされほっとした。その後も少しずつ伸び、金曜日には午後六時で売り切れ、『あのグラタンが欲しくて来たのにもうないの？』などと言う客までいたそうだから、もしかしたらリピーター、あるいは口コミが広まりつつあるだろう。

自分たちが考えた商品が店に並び、人気が出る。それを目当てに来店する客が増える。

商品開発部冥利に尽きるとはこのことだ。じりじりとプラス方向に振れつつあった疲労インジケーターの針が、一気にマイナスに向かう。気分は上々の月曜日、いい一週間になりそうだ。

その時点で千晶は、予想があっさり裏切られるなんて思ってもいなかった。

――うわ、面倒くさ……

新着欄に表示されたメールの差出人を見て、千晶は思わず顔をしかめた。メールにつけられた件名は『試食会について』という無難なものだが、差出人がよろしくない。いや、そう思っているのはごく一部の人間だけかもしれない。

他の人とは至って普通に仕事をしていると聞いている。あれこれダメ出しされ、問題点の修正どころか、コンセプトそのものがおかしい、一からやり直せと言われたことまである。しかも、一度や二度ではない。その差出人が参加するたびに起こることだ。

最初は千晶も、よほど自分の能力が足りないか、センスが悪いのだと思っていた。けれど、彼女がプロジェクトメンバーに入っていないときは極めてスムーズに進む。そのまま売場に並び、人気商品になることだって少なくない。先週発売したグラタンもそんな商品のひとつだが、もしも彼女がメンバーに入っていたら、未だ発売には漕《こ》ぎ着けていなかっただろうし、彼女を納得させるような修正を施して売り出したところで、ろくな数字を出せなかったに違いない。

　現状、千晶が手がけ、彼女の試食を経て発売に漕ぎ着けたものはひとつもない。いちゃもんとしか言いようのない理由を並べられるたびに千晶は怒り心頭、同僚や鷹野に愚痴を吐きまくってしまう。聞かされるほうは迷惑だとわかっていても、そうでもしないと気持ちのやり場がないのだ。

　そんな差出人——比嘉則子《ひきのりこ》は商品本部次長、別部署の人物だが、商品開発部が企画したものが売れるか、採算ラインに乗るかなどを判断するために参加しているメンバーのひとりだ。商品本部長や営業本部長、時には商品部の中の食品部門長など、様々なメンバーがいる中、比嘉は千晶の天敵としか言いようのない人物だった。

「どうした？」

　眉間に皺《しわ》を寄せ、パソコンの画面を凝視している千晶に気づいたのか、鷹野が声をかけてきた。当然これは、上司に報告すべき事項、ということで千晶はメールの内容を鷹野に伝えることにした。

「商品本部次長からメールが来ました。この間の試作品の感想だそうです」

「感想？　試食会で散々垂れ流してたじゃないか」

『垂れ流し』という言葉にこもる悪意に小さな笑みが浮かんだ。そんな自分の性格の悪さに苦笑いしつつ、千晶は言葉を加える。

「第三弾です」

「第三弾⁉　ってことは第二弾もあったのか？」

「ありましたよ。試食会の翌日に来ました。でも、内容的には試食会で言われたこととほとんど変わりませんでしたから、課長に伝えるまでもないと……」

「ダメ出しを明文化して、さらにダメージを与えようってことか」

「はい。いつものことですよね」

「まったく……しかもそれ、榊原さんだけに送ってきてるんだろ？　試食会の感想なんて、俺のところにも送るべきなのに……」

「実際に担当してるのが私だから、ってことなんでしょうね。でも、さすがにこの内容は、課長にも同報すべきなんじゃないかと思いますけど」

「で、なんて？」

「ゼリーなんてどこにでも売っている。うちのデザートコーナーにもメーカー品が何種類もあるし、コンビニではもっともっとしゃれた商品が売られていて、深夜だろうが早朝だろうが手軽に買える。わざわざうちで商品化する意味がない、だそうです」

「……今更かよ！」

「今更なんです。コンビニ利用者をうちの売場に引っ張る、ってコンセプトはどこへ行ったんだって話ですよ。たぶん、なんのかんの言って白紙に戻す気でしょうね」

「次長以外は絶賛してたのに……」

「あの試食会メンバーの中で、一番偉いのは次長ですからね。次長がオーケーを出さないと進まないでしょう。ただ、もうひとつ付け加えられた理由があって……」

「まだあるのか！」

「はい、食材の安定供給が見込めない、です。これは反論の余地がありません。なにせあのゼリー、かなりレアな素材を使ってますから」

千晶が今回の試食会に出したのは、柑橘《かんきつ》系のゼリーだ。しかもオレンジやグレープフルーツといった輸入フルーツでもなければ、昨今注目を浴びている日向夏《ひゅうがなつ》や不知火《しらぬい》でもない。九州のごく一部でしか生産されておらず、全国的には知らない人のほうが多いだろうと思われる柑橘類『へべす』を使ったゼリーなのだ。

『へべす』は宮崎県特産の柑橘類で、江戸時代の末に日向地方の山中で発見され、見つけた人の名を取って『平兵衛酢《へべす》』と名付けられた。柚子《ゆず》や酢橘《すだち》、カボスなどと同様、いわゆる酢みかんの類いで柔らかな酸味が魅力だ。果汁はたっぷりなのに、種は少なく皮も薄くて絞りやすい。千晶は九州に出かけた際に偶然『へべす』を知り、買って帰ってゼリーにしてみた。爽やかな酸味と香りがなんとも言えなかった。『レア度』はピカイチ、これなら商品化間違いなしだと確信した。

それだけに、今回の試食会メンバーに比嘉が入っていると知ったときの絶望感と言ったらなかった。この先ずっと次長が入っていてもいいから、今回だけは勘弁してくれ！　とまで思った。ニュースで流星群が到来中と知り、夜中に眠い目を擦《こす》って流れ星に願掛けまでした。彼女になにか重要な案件が持ち上がる、あるいは具合が悪くなって欠席してくれないか、と心底願ったのである。

だが突発事項も、本人の体調不良も起こらず、試食会は予定どおりのメンバーで行われた。結果、比嘉は試作品を滅多打ちにし、商品化の価値なし、と断言した。それに飽き足らず、二度三度とメールを送ってくる。おそらくなんとかして企画を阻止したい一心なのだろう。

それならそれで、試食会に参加したメンバーにも同報すればいいものを、あえて千晶だけに送りつける。ここまでくると、個人的怨恨でもあるのかと疑いたくなるが、そんな覚えはまったくない。試食会以外で顔を合わせたことすらないのだ。あるとしたら、前世で千晶が彼女を、もしくは彼女の親でも殺《あや》めたのだろう。

鷹野がしかめっ面で言う。

「レア素材ってのは商品化には諸刃《もろは》の剣《つるぎ》だな。ありふれたものじゃ、改めて商品化する意味がない。レアすぎると素材が確保できない。見極めが難しいのは間違いない。だが、今回に関してはぎりぎりなんとかなると思ってるんだがなあ……」

「むしろ季節限定、数量限定で話題を呼ぶつもりでした。あんなに魅力的でまだ知られていない素材、そうそうありませんから」

「だよな。少なくとも俺は知らなかった。榊原さんが持ち込んできたときは、柚子なんてどこにでもあるだろう、と思ったぐらいだ。しかも名前が……」

「『へべす』ですからね。正直、私も初めて聞いたときはなんじゃそりゃ、と思いましたけど、逆に興味を引くかなーって」

「でも、次長がその調子じゃ難しいな」

「没ですね。すみません。私が出したばっかりに」

こんなことならほかの人間の名前で出せばよかった。それならOKが出たかもしれない。自分の手柄にならなくても、あのゼリーが商品化できればいい。『へべすゼリー』はそれほど魅力的だし、千晶が思いをかけたものだった。

「理不尽すぎる！　うちの会社、そこそこいい人材が揃《そろ》ってるのに、よりによって商品本部にあんなのがのさばってるなんて……」

「仕方ないですよ。あ、でも『へべす』そのものについては諦めてませんからね。なんとか別の形で世に出すって意気込んでます。ゼリーでもムースでもシャーベットでも絶対美味しいでしょうし、生産量が足りないって言うんなら、宮崎の農家を説き伏せて作ってもらいます」

「すごい惚《ほ》れ込みようだな。でも『五木ホールディングス』は農家と契約して作ってもらってる食材も多い。そこに『へべす』が入ったっておかしくないよな」

「ですよね⁉　諦めませんからね、私は！」

「その意気だ。ま、週末はぱーっと憂《う》さ晴《ば》らしでもして、また頑張ってくれよ」

「そうですねえ……」

一口に憂さ晴らしと言っても、大人の場合、話はそう簡単ではない。実現可能で心底楽しめることと考えたとき、選択肢が限られてしまうのだ。

料理好きな千晶にとって美味しいものを食べるのは大きな楽しみのひとつだが、食に関わる仕事をしている手前、常に『これ、うちで商品化できない？』などと考え始めてしまう。そして、自動的にあのわからず屋の顔が浮かび、さらにムカつく、という結果が目に見えている。

いっそ仲のいい友だちに会って、酒でも呑《の》みながら愚痴を聞いてもらおうか、と思うこともあるけれど、商品開発は秘密の塊みたいなものだから、話せる内容なんて限られる。友だちの都合もあるし、人の愚痴なんて聞くほうだってうんざりだ。三十間近になってもつきあい続けられる友だちは貴重なのだから、そんな目に遭わせたくない。

できれば、自己完結できる憂さ晴らしが望ましい。カラオケにでも行って歌いまくろうか……と考えていると、また鷹野の声がした。

「そういえば嫁さんから聞いたけど、榊原さんって前はキャンパーだったんだって？」

「ええ。大学のときまでは。そのあとはすっかりご無沙汰ですけど」

「そうか。じゃあまた始めてみるってのはどう？」

「キャンプをですか？」

「ああ。最近はけっこうブームになってるし、キャンプ用品も手頃な値段で手に入るようになってる。ビギナーじゃないなら、ちょっと出かけて一焚《ひとた》きしてくるってのは楽しいと思うよ」

「一焚き……」

鷹野の独特な表現に苦笑したものの、言わんとすることはよくわかる。確かに『焚き火』というのは究極の癒しだ。キャンプやアウトドアとは無縁でも、睡眠導入として焚き火の動画を見る人がいるらしい。動画ですら安らぎを得られるのであれば、実物の癒し効果はいかばかりか……

「それ、いいですね！」

「だろ？　やっぱりキャンプは魅力的だもんな！」

「私の場合は、キャンプっていうより焚き火そのものですね」

「そこまで特化してるのか！」

「ええ。焚き火がしたくてキャンプに行ってたようなものですから。焚き火を見てると、嫌なことを全部忘れられる気がします」

「焚き火ヒーリングか。それならよけいにまたキャンプに行くべきだな。とにかく、なにか楽しいことを見つけて気晴らししてくれ」

「わかりました。いろいろありがとうございます！」

気分はすっきりとまではいかない。だが、世の中どうにもならないことはたくさんある。とりわけ会社では、理不尽きわまりないことが起こるものだ。

どうせ理不尽なことが起こるなら、いっそ次長の頭の上に隕石《いんせき》でも降ってこないものか。だが隕石の場合、他の人も巻き込まれかねないし、『人を呪わば穴ふたつ』ということわざもある。滅多なことは考えるものじゃない。

『へべすゼリー』はおそらく日の目を見ることはないだろう。いつまでもこだわっているより、さっさと切り替えるべきだ。しつこく頭の中に居座る次長の顔に、消え失《う》せろ！と吐き捨てたあと、千晶は午後の業務を開始した。


——やっと終わった……

一日の業務をなんとか終わらせた千晶は、最寄り駅に向けて歩き出した。

こんなこともあると思いながら次の仕事にかかったけれど、全て忘れてすっきりさっぱりなんてことにはならない。ただ、心の底に怒りを沈めただけのことだ。しかも比嘉に対する怒りは募《つの》る一方……どこかで発散させなければ、出会い頭《がしら》にひっぱたく日が来るかもしれない。日頃からの確執を知っている鷹野あたりは見ない振りをしてくれそうだが、やはり暴力はよくない。そうなるぐらいなら、課長の言うとおりキャンプに出かけて焚き火を眺めていたほうがずっといい。

そんなことを考えながら歩いていた千晶は、交差点の赤信号で立ち止まった。

——今日も引っかかっちゃった。この信号、五回に四回は引っかかるんだよね。どっかの次長みたい。いや、あいつは五回中五回……って、また思い出しちゃった！

はいストップ、と比嘉の顔を頭から振り払い、交差点に面したビルの壁に目をやる。そこには巨大なスクリーンが掲げられていて、ニュースや新製品のコマーシャルが絶え間なく流されている。信号待ちの暇つぶしができ、世の中の動きも知ることができる便利な情報源だった。

——ふーん……今日もいろいろあったのね。あ、テントだ！

ニュースが終わったあと、スクリーンには外国人男性がバイクにまたがって走る姿が映し出されている。後部キャリアには大きなリュックがくくりつけられており、テントと寝袋らしきものも見える。おそらくこの人は、キャンプに向かうところなのだろう。

畳んだ状態でそれがテントや寝袋だと見分けるのは難しいと思われるかもしれない。だが、小学生のときから大学まで散々キャンプをしてきて、畳んだリュックや寝袋を山ほど見てきた千晶にはわかる。なにより彼のリュックにプリントされているロゴは大手アウトドア用品メーカーのものだ。見た目よりずっと容量が大きく、シェラカップなどをつり下げるフックや大小様々なポケットが付いている。高機能な分、値も張る品だし、数あるリュックの中からあえてあれを選ぶのはアウトドアを思う存分楽しみたい人間に限られる。

あのリュックを背負った人がバイクに積んでいるのだから、テントと寝袋で間違いないだろう。

――朝、課長とキャンプの話をしたばかりでこんなのを見ちゃうのは、やっぱりキャンプに行けってことなのかな?

白いヘルメットをかぶった男性は軽快に走り続け、やがて湖畔に到着した。バイクを止め、キャリアから外したリュックをどさりと投げ出す。スクリーンには、沈みつつある太陽が映し出されている。おそらくこのあと、男性は大急ぎでテントを張り、夕食の支度をするのだろう。連れはいないからソロキャンプに違いない。

湖畔にひとりきり、炎を見つめながら啜《すす》るコーヒー、あるいは酒……さぞや美味しいことだろう。日常から切り離された世界は疲れを癒し、あらゆる感情を柔らかくしてくれそうな気がする。

そこでちょうど信号が青になった。歩き始めた千晶は、過去に思いを馳《は》せる。

千晶は中学生のときから高校にかけて、自分がキャンプを楽しむ傍《かたわ》ら子どもたちのアウトドア活動にも携わっていた。中でも多かったのはキャンプの指導だ。子ども会の要請を受けてキャンプ場に行き、キャンプのノウハウを教えていたのだ。

キャンプ場に来ただけで楽しくて、大騒ぎしまくる子どもたち相手にテントの設営や飯盒《はんごう》炊さんを教えるのは大変だった。とりわけ苦労したのはキャンプファイヤーだ。

スタンツ——身体を使ったゲームや出し物で子どもたちを楽しませる。参加人数が多ければ多いほどキャンプファイヤーは大規模なものとなり、子どもたちは普段見ることのない大きな炎に目を輝かせる。時には収拾がつかなくなった子どもたちを静かな歌や物語で落ち着かせ、終盤に向けてまた盛り上げていく。

興奮しきった子どもたちは、テントに追いやってもすぐには眠らない。ひとつのテントで騒ぎ続ける子どもたちを静かにさせたと思ったら、また別のテントから、虫が入っただのテントの柱が倒れそうになっただの騒ぐ声がする。まさにいたちごっこだった。

それでもなんとか寝かしつけたあと、ひとつだけ火を残した竈《かま》のまわりに集まる。子ども会行事で使うようなキャンプ場は設備が整っていて、食事の支度用の竈が用意されているところが多い。キャンプに慣れない人には、焚き火台よりもコンクリート製の竈のほうがずっと火が熾《おこ》しやすいし、煮炊きも安全にできるからだろう。

千晶自身は竈より焚き火台、焚き火台よりも直火《じかび》が好きだが、火の扱いに慣れない子どもたち相手に風防の使い方から教えるのは困難すぎる。竈は最低限必要な設備だった。

　子どもを寝かしつけたメンバーたちが来るころには、鍋に湯が煮立っている。メンバーが戻るタイミングを見計らって、裏方担当が沸かしておいてくれたものだ。

　キャンプファイヤーで大騒ぎをするのは子どもだけではない。スタンツで子どもたちを楽しませるため上げまくったテンションは、大人だったとしてもそう簡単に下がらない。キャンプファイヤーとは比べものにならないほどささやかな竈の火と熱い飲み物は、そんな興奮をゆっくり鎮《しず》めてくれる。

　簡単な反省会と翌日のスケジュール確認が終わると、竈の火が落とされる。炭も薪も足されなくなった竈は、徐々に明るさを失っていく。

『お疲れさん。明日も頑張ろうな』

　そんな声を掛け合って、子ども相手の長い一日が終わるのだ。


　あのころは本当に大変だった。我ながら、よくぞ何年も続けていたものだと感心してしまう。けれど、今にして思えばあの大変さを支えていたのは炎、つまり焚き火への憧れだったような気がする。

　キャンプは焚き火に始まり焚き火に終わると千晶は思っている。

　テントなんて張らなくてもいい。天気さえよければタープと寝袋、条件が許せばハンモックだけでも寝ることはできる。だが、焚き火のないキャンプはあり得ない。ガスバーナーで湯を沸かし、カップ麺を作るだけでも食事は済ませられるが、やっぱりそれではつまらない。湯を沸かすだけだとしても、最低限火だけは熾したい。焚き火さえ見られれば、いっそ食事なんてしなくていいとすら思う。

なんと言っても焚き火は楽しい。薪を上手に組み上げないと火はつかないし、散々苦労してつけたところでそのまま燃え続けるとは限らない。薪の太さ、足すタイミング、空気の通り道の確保……様々な問題をクリアしてようやく火は落ち着いてくれる。時には落ち着いたはずの火が、あっけなく消えて肩を落とすこともある。

そんな工程のひとつひとつが堪《たま》らない。だからこそ、焚き火で作った料理も美味しい。多少焦げすぎても気にならない。よくぞそこまで元気に燃えてくれた、と思ってしまうのだ。

焚き火の素晴らしさや気むずかしさを、子どもたちにも知ってほしい。そのためにはキャンプのノウハウをしっかり教えなければならない。竈の小さな火から天を焦がすキャンプファイヤーの巨大な炎まで、安全に楽しくつきあえるノウハウを……

いや……そんなのはきれい事だ。もともと親分気質で少々お節介気味、子どもの面倒を見るのも嫌いではなかったにしても、千晶の根底にあったのは、自分自身が存分に焚き火を楽しみたいという気持ちにほかならなかった。

子どもたちが四苦八苦して熾した火を、うんうんと頷きながら眺める。上手くできなくて半泣きになる子どもを励まし、火のご機嫌を取りつつ燃え上がらせる。首尾よく火を安定させたときは、薪が爆《は》ぜるパチパチという音が、焚き火がくれた拍手のように聞こえたものだ。

キャンプに行けば焚き火ができる。人数が多ければ多いほど、たくさんの焚き火が作れるし、数人ではできない大きなキャンプファイヤーだって可能になる——それが、千晶が何年にも亘《わた》ってキャンプ指導を続けた大きな理由だった。

——なんにも考えずにぼーっと火を見ていたい。ひとりで行けば子どもたちの面倒なんて抜きで、焚き火を眺め放題にできる。あ、でも……

そこで千晶ははっとした。

最後にキャンプに行ってから十年近く経っている。三十歳目前の今、あのころと同じ体力とは思えない。たとえバイクや車でキャンプ地まで行くにしても、駐車場からテントサイトまで荷物を運んだり、テントを立てたり、火をつけたり……料理にだってそれなりに体力がいる。

目的もなしに身体を鍛えるのは難しいが、安全かつ楽しくキャンプをするため、となったら少しは体力作りにも励めるかもしれない。そもそもキャンプであれこれやっていたら、体力なんて勝手についてくる。学生時代の千晶がいい例だ。スポーツは一切やっていなかったのに、キャンプファイヤー用の太い薪を組み上げたり、重い荷物を背負って歩き回ったりしまくったお陰で、二の腕やふくらはぎはずいぶんたくましかった。

ひとりカラオケ同様に、最近はソロキャンプの認知度もかなり上がっている。かつては揶揄《やゆ》であった『ぼっち』という言葉は、すっかり色合いを変えた。今や『おひとり様の時代』と言っていいのではないか。

——やっぱりキャンプに行こう。前はあんなに好きだったんだから、今でもきっと楽しめるはず！

ブランクが十年近いにしても、ノウハウ自体は失っていないはずだ。癒しと体力増強をかねてキャンプに行くのは一石二鳥に違いない。

ただ、キャンプをするには道具が必要だ。当時使っていたキャンプ用品は、ほとんど後輩に譲ってしまった。小物のひとつふたつなら実家に残っているかもしれないが、古いのでまともに使えるかどうか怪しい。また始めるとしたら、一から揃え直しとなる。十年前とはグッズもずいぶん変わったに違いないから、下調べも必要になる。

——家に帰ってネットで調べてリストを作って……って、そんなの面倒くさすぎる。キャンプ用品なんて実物を見たほうがいいに決まってるし、このまま行っちゃおう！

思い立ったが吉日というよりも、正直待ちきれない。千晶はその足でスポーツ用品店に向かうことにした。確か通勤路線上の駅近くに大きなスポーツ用品店があったはずだ。あの店は午後八時まで営業している。定時の五時半に退社して今はまだ午後六時を過ぎたばかりなので、十分時間はあるだろう。

——やっぱり好きだわー、キャンプ！　ギアを見てるだけで気分が上がる！

スポーツ用品店の一角に設けられたキャンプ用品売場は、アウトドア用品専門店とは面積も品揃えも比べものにならないほど劣る。

それでも『キャンプギア』と呼ばれるテントや調理用品を見ているだけでうきうきしてくる。特に、昔は家族や友だち同士といった複数人数向けのギアが多かったが、昨今のソロキャンプブームでひとり用のものがずいぶん増えた。サイズも重さもかわいらしいギアを見ていると、ついつい頬が緩んでしまう。

ただ全てがかわいらしいかと言えばそうではない。特に価格については、かわいらしさとは無縁のものがほとんどだった。

最低限、テントと寝袋は必要だ。猛者《もさ》はハンモックだけで過ごすらしいが、さすがに女性の身でハンモック泊は不安だ。寝袋も季節によってはいらないかもしれないが、千晶の場合、身体を覆わずに寝るのは落ち着かない。寝袋がないなら、毛布かタオルケットが欲しくなるし、毛布やタオルケットは薄手でも嵩張《かさば》る。それぐらいなら寝袋のほうがいいだろう。それに、寝袋があれば虫に刺される確率がかなり減るのだ。

さらに、千晶にとってキャンプの醍醐味《だいごみ》は闇の中で炎をぼんやり眺めること、と言っていいほどなので、焚き火のためのグッズは欠かせない。昔はそこらの石を拾ってきて竈を作ったものだが、今は地面の上で直接火を熾すことを禁止しているキャンプ場が多く、焚き火台が必須となる。火を熾すための道具、調理用具、食器……

さすがにそういった細々したギア類はびっくりするほどの値段ではないけれど、数が増えれば金額もかさむ。昨今はホームセンターや作業服専門メーカーがキャンプ用品の開発や販売を手がけているが、できるなら学生時代に使っていたようなアウトドア専門メーカーのものを使いたいという気持ちが大きい。使い慣れているだけに、安心感が違うのだ。

最低限でもこれぐらいは、と選んで心の中で計算していくうちに、トータルではとんでもない金額になってしまった。しかも、その金額にテントも寝袋も入っていない。キャンプ用品で一番値が張るふたつを除いても、ため息が出るような出費だ。

これはまずい、と品質と価格の妥協点を求めて売場をうろうろした結果わかったのは、今すぐグッズを完璧に揃えるのは無理、実際にキャンプに出かけるのはかなり先になる、ということだった。

今、あのモニターのバイク男性に遭遇したら、通せんぼしてグッズを強奪しかねない。それほど千晶の『キャンプ熱』は高まっている。

大学時代に勉強が忙しくなってやめざるを得なかったキャンプへの思いは、比嘉次長への怒り同様心の底に沈めただけで、なくなったわけではなかったらしい。存在とその大きさに気づいてしまった今、千晶はなんとかして、しかも可及的速やかにキャンプに出かける算段をすることしか考えられなくなっていた。

とはいえ、先立つものは資金だ。

頭の中で銀行の預金残高を思い浮かべた千晶は、軽くため息をついた。ものすごく残高が少ないわけではないが、千晶は親から最低三ヶ月、できれば半年は暮らせるだけの額を蓄えておきなさいと言われている。このご時世ではいつどうなるかわからないから、という親の意見にも納得しているので、これ以上減らしたくない。

実際にキャンプに行きだしたら、一度で終わりにできるはずがない。繰り返し出かけるとなると、そのたびに移動にも食材にもお金がかかる。あれこれ考えると、今すぐグッズ購入に使える金額はせいぜい二万円、無理をしても三万円というところだ。

そして、千晶にとってそれは、まったくお話にならない、テントだけでなくなってしまいそうな金額だった。

――今月はかなり残業したから、来月のお給料は少し多いはず。春とは言っても、まだ朝夕は冬と変わらないぐらい寒い。どれにしようかなーって調べるだけでも十分楽しいんだから、少しずつ揃えながら、夏を待とう。気温さえ上がれば、多少装備が薄くても耐えられるはずだ。

持ち前の切り替えの早さを存分に発揮したところで、電車が自宅の最寄り駅に到着した。グッズを調べるにしても、スマホよりも画面が大きなパソコンのほうがいい。続きは帰宅してからと決め、千晶は電車を降りた。

炊きたてごはんと鯖《さば》の文化干し、作り置きしてあったひじきの煮物にインスタントの味噌汁。野菜が足りない気がするが、味噌汁の具がほうれん草だし、ひじきの煮物にニンジンがたっぷり入っているので大丈夫だろう。ごはんは二日に一度、出勤する前に炊飯器のタイマーをセットしていくので本日は炊きたてだが、明日は温め直しになる。本当はすぐに食べない分は冷凍しておいたほうがいいのかもしれないが、冷凍庫は冷凍食品や干物、豚肉、鶏肉でいっぱいで入れる余地がない。プラスティック容器に移して冷蔵庫にしまうのが関の山、気温が下がる冬場はそれすらせずに放置、ときには温めもせずに食べる。

千晶の平日の夕食は総じてこんな感じだ。適当だな、とは思うけれど、仕事帰りの空腹を抱えて時間をかけた料理なんてやっていられない。週末に工夫を凝らした副菜を作り置きするだけでも偉い、と自分を褒めながら生活していた。

いつもどおりの夕食を済ませたあと、千晶はいよいよ……といった感じでパソコンを立ち上げる。パソコンが置かれているのは食卓兼机である炬燵《こたつ》だ。

食事の間は向こう側にパソコンを追いやり、食事が済めばまた戻すことができる。食卓兼机、暖房器具としても有能、炬燵はうっかり潜り込んで眠ってしまうことさえなければ万能の家具だった。

お腹はいっぱい、炬燵のお陰で腰から下はぽっかぽか……なんとも幸せな状況だ。

だが、ご機嫌で検索を始めた千晶は、すぐに途方に暮れることになった。なぜならインターネットで見たアウトドアグッズメーカーのホームページには、会社帰りに寄ったスポーツ用品店で見た数倍、いや数十倍の製品情報があふれていたからだ。

テントひとつ、しかもひとり用に限ってもピンからキリまである。千晶がキャンプにいそしんでいたころはこんなに選択肢はなかった。それなりの種類はあるにしても、もっぱら家族用でひとり用など数えるほど……十年でこんなに変わったのか、と戸惑うほどの豊富さだ。

いくら千晶がキャンプ好きだと言っても、この中から最適と言えるものを選び出すのは大変すぎる。ある程度方向性を絞り込まないと、情報の海で遭難してしまう。

ただ、ひとつだけとても嬉しい情報があった。それは、百均についてのものだ。どうやら昨今の百円均一ショップ、つまり百均は、キャンプを中心にアウトドアグッズも扱っているらしい。しかも、口コミによるとそれらはかなり使えるという。

アウトドア専門店では数千円するギアが、百均なら百円、高くても三百円とか五百円で手に入る。千晶は常々、百円均一と言いながら三百円や五百円のものを売るな、とか、そろそろ百十円均一ショップに改名しろ、とか考えていたけれど、そんな文句がどこかにいってしまう。

小さなギア類なら、たとえ一回のキャンプで壊れてもテントや寝袋ほどのダメージはない。いくつか買ってみて、使い物にならないなら買い直すこともできる。

最上を目指して少しずつ買いそろえるのもいいけれど、予算を決めてその範囲内でやりくりするのも面白い。いっそ『二万円でキャンプ企画』でも始めるべきではないか。

本日寄るべきはスポーツ用品店ではなく、百均だった、と苦笑しつつ、検索を続ける。百均で済ませられるものと専門メーカーの製品を買うべきものを見極めなければならない。百均の商品を見に行くのはもちろんだが、まずは口コミを読んでおくべきだ。おそらく、見ただけではわからない使い心地について、たくさん書かれていることだろう。

翌日、出勤してひとしきり仕事を済ませた千晶は、椅子の背にかけてあったジャケットを取って立ち上がった。鷹野がパソコンの画面から視線を上げて訊《たず》ねる。

「出かけるのか？」

「はい。例のグラタン、実験的に入れた店が好調なようだし、他店舗での展開も提案してみたらどうだって米田《よねだ》さんに言われて、可能性がありそうな店を見てこようかなと」

「米田……ああ、グラタン製作チームのリーダーだったね」

「はい。今から出れば一時過ぎに着けますし、そのころなら近隣のコンビニの動きが摑《つか》みやすいかなって」

「そうか。昼休みを挟んで申し訳ないな」

時刻は午前十一時五十分、あと十分で昼休みになる。移動に昼休みを費やすのは気の毒だと思ってくれるあたりが、鷹野の人格の素晴らしさだ。

午後の始業とともに仕事にかかれるようにするのは当たり前、業務途中の移動時間は通勤時間と同義と捉えるべき、と考える人もいる。ある意味正しい考え方のような気もするが、鷹野のような言葉をかけられるのとかけられないのでは雲泥の差だ。昼休みを移動に費やしたところで、時間外手当がもらえることはあり得ない。せめて気分よく仕事ができるように、思いやりの深い言葉を用意する。それが部下にやる気を起こさせる秘訣に違いない。

とはいえ、今の千晶はこんなふうに気遣われると少々後ろめたい。なぜなら、個人的な目的があるからだ。この時刻に出かけて到着が午後一時前後になることからもわかるように、これから向かおうとしている店舗はかなり郊外にある。

敷地面積が広く、テナントも多数入っているのだが、その中に大手百均ショップも含まれている。しかも、近くにほかの百均もあり、アウトドアグッズを実際に見て確かめることができるのだ。

　このオフィスの近くにだって百均はあるけれど、どれも小規模店舗でアウトドア関連商品の品揃えには不安がある。敷地面積が広い郊外型の店舗ならではの品揃えを求めての行動だった。

「多少時間がずれてもいいから、昼休みはしっかり取れよ」

　そんな鷹野の優しい言葉に送られて、千晶はオフィスを後にする。頭の中の配分は、仕事とアウトドアグッズが四対六。出勤するまではアウトドアグッズが十割、夢にまでテントや寝袋が出てきたぐらいだから、よくぞ持ち直したと自分を褒めたいぐらいだった。

　およそ一時間後、千晶は駅に降り立った。目的地は駅から徒歩三分、『ITSUKI』には珍しい、駅前立地の大型店舗だった。

『ITSUKI』には大型店が多数あるが、ほとんどが車利用前提の郊外型店舗で、駅から徒歩は難しい。電車に乗っている時間は長いにしても延々と歩かずに済む、というのは体力が低下しつつある千晶には大変ありがたい。

　四対六で遊びに負けているとは言え仕事は仕事、優先順位を間違えてはならない。ギアの下見も、キャンプで体力を回復したいという願いも、今は全部後回しだ。

　まずは駅前にある大手コンビニを二店と、途中にあった他社スーパーの総菜売場の様子を確かめる。

コンビニには二店ともグラタンはなく、スーパーにも冷凍食品はあっても総菜売場には並んでいない。ただし、ショーケースのプライスカードを見る限り、コンビニは売り切れ、スーパーはもともと取り扱いがないと思われる。

そのスーパーは『ITSUKI』と道路を挟んで向かい合う位置にあり、『ITSUKI』は敷地内にテナントとして飲食店を多数かかえている。安くて美味しいと人気のイタリアンレストランも入っているし、わざわざ総菜のグラタンを買って帰るぐらいなら、外食で済ませてしまおうと考える人が多いはずだ。その向かいのスーパーでグラタンに力を入れる理由はないと判断したに違いない。

では『ITSUKI』に総菜グラタンを置く意味はあるのか、と問われればあるに決まっている。なにせこれは、今まで店に行かなければ食べられなかった凄腕《すごうで》レストランシェフ監修の特別なグラタンなのだ。

三月中旬とはいえ、本日は気温もかなり高く、熱々のグラタンやおでんよりもサンドイッチやおにぎりが欲しくなる。客が手にする飲み物も、温かいものより冷たいもののほうが断然多かった。

にもかかわらず、グラタンが置かれていたらしきスペースは空っぽ、この気候で品切れになるほど売れる地域であれば、宣伝次第では十分戦える。なにせあのグラタンは、小食な女性やお年寄りはもちろん、家族を職場や学校に送り出したあと買い物に出かけてきた主婦が、昼ごはんにするのにうってつけの価格設定だ。

さらに、『ITSUKI』の総菜売場に並んでいる定番のグラタンも、かなりの売れ行きだ。日中買い物に来ることができるお年寄りや女性向けに開発した商品は、人気が出るに違いない。

――この店だけじゃなくて、ほかの郊外型店舗も検討の余地あり！　出かけてきた甲《か》斐《い》があったわ！

リサーチを済ませた千晶は、ほっとしてエスカレーターに乗る。目指すは三階にある百均だった。

以前にもこの店舗に来たことはあるが、百均に入ったことはない。いざ入ってみると、奥に広がるタイプの店舗で思っていたよりずっと品揃えがいい。

中でもアウトドアグッズは専用コーナーを設けるほどの力の入りようで、大型駐車場を持つ店舗の特性がうかがえる。アウトドアグッズはそれなりに嵩張るものが多いし、アウトドアスポーツを楽しもうとする人は車の保有率が高いのだろう。

やはりアウトドアグッズを揃えようと思ったら、百均といえども郊外型店舗を選ぶべき、という千晶の予想は大正解だった。

売場に着いた千晶はスマホのメモアプリを立ち上げ、百均での購入予定品リストを表示させる。千晶が昨夜、大手百均三社のホームページを調べまくり、必要と思われるアウトドアグッズを、これはこの店、あれはあちらの店……と分類して作成したものだ。

キャンプをするにあたって最低限必要なのはテント、寝袋、寝袋の下に敷くマット、ランタン、焚き火グリルだ。焚き火グリルとバーベキューグリルはどこが違うのだ、と言われそうだが、そもそも調理と焚き火という用途が全然違う。なにより、焚き火のためにキャンプをする千晶にとって、名前に『焚き火』と入るかどうかは大問題、とにかく初めに焚き火ありきなのだ。

あとは調理用具と食器、水を入れるタンクといった小物だ。できればすべてを百均で揃えたい。それが叶《かな》えば三万円の予算で交通費や燃料費、食費まで賄《まかな》える。だが、極端な妥協は『安物買いの銭失い』になってしまう。

なんとかなってくれ、と祈りつつ、実物をひとつひとつ確かめていく。

四十分後、千晶はスマホを鞄《かばん》にしまった。思ったより時間がかかったのは、アウトドアグッズコーナーにとどまらず、キャンプに使えそうなものはないか、と広い百均をくまなく回ったせいだ。

調査の結果は、ほぼ予想どおりだった。

――この寝袋は軽くて持ち運びが楽そうだけど、たぶん夏限定……テントは不安としか言いようがない。これじゃ日よけにしかならないよ……

キャンプといえば、夏休みに家族や友だち同士で出かけるものと考えられがちだ。だが、真のキャンパーは季節なんて選ばない。むしろ、ソロキャンパーなら秋から冬にかけてが好きという人のほうが多そうだ。

散々大人数キャンプを繰り広げてきた千晶が言うのもなんだが、夏のキャンプ場は混み合うし、しんみり焚き火を眺めたいのに、大騒ぎの声が聞こえてくるのは辛《つら》い。なにより、ルールを知らないキャンパーが放置していったゴミや燃え残った炭を見るとうんざりしそうだ。

千晶が子どものキャンプ指導に携わってきたのは、そんな悲劇を避けるためにもちゃんと教えるべき、という考えの下でもあった。けれど、全体から見ればルールをしっかり身につけた人間のほうが少ないのかもしれない。

いずれにしても、一度は離れたとはいえ、キャンプが嫌になったわけではない。やめたのは単に忙しくなったせいだし、ギア類を処分したのも、道具があっては出かけたくなる気持ちが抑えられなくなると思ったからだ。

それほどキャンプが好きだったのだから、再開したらのめり込むに決まっている。季節を問わず出かけ、装備の薄さに不満を抱く。いくら千円というお値打ち価格だったとしても、夏しか使えない寝袋ではすぐに買い直したくなるだろう。

テントも同様だ。夜露《よつゆ》しか凌《しの》げない構造ではなく多少の雨でも大丈夫なものが欲しい。

やはり百均は力不足と言わざるを得なかった。

ただ、調理道具に関しては秀逸で、とりわけメスティンには目を見張らされた。

メスティンはごはんを炊くための道具で、一九七〇年代にスウェーデンの会社が生産を始めたという。キャンプで炊飯と言えば飯盒だろう、と千晶は考えていたし、実際に千晶も学生時代は飯盒を使っていた。だがそれは、千晶はグループキャンパーで、一度にたくさんの量を炊飯する必要があったからだ。

飯盒だけではなく、コッヘルと呼ばれる鍋も二、三人用の大きなものを持っていたし、テントだってふたり用だった。おかげで全てを処分したとき、千晶は大いに寂しかったけれど、母は大喜びしていた。自分の部屋に収まりきらず、家のあちこちに置かれたキャンプ用品に文句ばかり言っていたのだ。

もしも学生時代にソロキャンプ用のギア類がたくさんあって、それを使っていれば、あれほど母に文句を言われることもなかったに違いない。

考えてみれば、今住んでいるアパートは収納という意味では非常に弱い。今ですら床があまり見えない状態なのに、この上大がかりなキャンプ用品を持ち込んだら大変なことになる。

その点、百均のキャンプ用品はどれもコンパクトだ。とりあえず必要なものだけに限れば、三辺合計が八十センチ以下、いわゆる宅配便の八〇サイズの箱に収まる。もしかしたら六〇サイズでもいけるかもしれない。

耐久性には若干不安が残るものの、口コミの評価は悪くない。価格と収納の両面から、テントと寝袋以外は百均に頼るのが正解だろう。

――よし、調査終了。あとは休みの日に家の近くで揃えるとしますか！

目の前にずらりと並ぶキャンプ用品をひとつも買わずに百均を出る。

一気に揃えてしまいたいのは山々だが、実は、もともとここで買い物をするつもりはなかった。いくらコンパクトでもこれらを抱えて職場に戻るほど千晶の心臓は強くない。

千晶が最初に配属になった『ＩＴＳＵＫＩ』の店舗はここ以上に大規模なショッピングモールになっていて、百均どころかアウトドア専門店も入っている。なにより、自宅から一番近い店舗なのだから、あちらで買うのが正解だ。

次の休みであれば、近所で品質確認と購入を一度に済ませられるとわかっていても、待ちきれなかった。学生時代に無理やり封印したキャンプへの思いが再燃した今、一日でも、いや一分一秒でも早くという思いを抑えきれなかったのだ。

もしも自宅に一番近い店舗が、すでにあのグラタンを置いていなければ、なんとか理由をつけて家の近所にリサーチに行った。それどころか、終業時刻を考慮して直帰できる算段までつけ、キャンプ用品を買いかねなかった。

我ながらいい性格だと呆《あき》れるが、商品開発はこれぞと思うものを推しまくる仕事だ。

ある程度の厚顔無恥は武器のうちだと千晶は考えていた。

今いる店舗に来た理由は公私混同そのものにしても、私用の部分はなんとか休憩時間内に収めたつもりだ。昼休みは一時間と決められているので、残された時間は二十分弱。この店舗にはフードコートがあるから、短時間で食事を済ませることができる。移動時間を業務に含めるか否か問題は依然として気になるが、今日のところは、鷹野の『時間がずれてもいいから、昼休みはしっかり取れ』という言葉に甘えることにして、千晶はフードコートに向かった。

『早い、安い、うまい』を体現したかのようなうどん店は本日も盛況だ。うどんに揚げ立てのちくわ、あるいは鶏肉の天ぷらという千晶のお気に入りのメニューが五百円以内で食べられる。

うどんは澄んだ出汁《だし》たっぷりの『かけ』、喉越し爽やかな『ざる』、熱い湯に浸された『釜揚げ』、茹《ゆ》でたての麺に濃い出汁をかけた『ぶっかけ』があり、生卵や温泉卵、煮染《にし》めた油揚げや肉、明太子まである。天ぷらは多種多様、ごはんを頼めば小さな天丼まで作れる。問題だ、なんて言ったら罰が当たりそうだが、好ましく思えるのはあくまでも消費者としての見方であって、商品開発部としては脅威でしかない。

中々の好スタートを切ったあのグラタンは四百五十円で、今、千晶が食べているかけうどんと鶏の天ぷらという組み合わせと同価格だ。しかもこの店のうどんの並盛りは一般的なうどん店に比べると少々軽めで、食が細い女性やお年寄りにちょうどいい。

持って帰って温めなければならないグラタンと、今すぐ熱々を食べられるうどん。栄養を考えても、いずれも炭水化物とタンパク質に脂質で大差ない。価格が同じだとしたらどちらを選ぶだろう。買い物のあとまっすぐ家に帰るなら選択肢としてグラタンはありだが、次に回る場所があるとしたらうどんの一択。現に、うどん店の列に並んでいるのは女性やお年寄りが多い。まっ昼間のショッピングセンターという条件はあるにしても、やはり手強《てごわ》い敵としか言いようがなかった。

しこしことした歯応えと空腹が満たされる喜びを感じつつ、うどんを啜る。濃い鰹《かつお》の風味とともに流れ込んでくる滑らかでコシのあるうどんは、値段以上の価値を感じさせ、中食対外食という問題を再認識させられる。

――ライバルとわかっていても美味しいものは美味しい。それは認める。この鶏の天ぷらときたら、どうしてこうもジューシーなの！　このまま食べてもおツユに浸しても最高じゃない。悔しいったらありゃしない！　あーでも……キャンプでうどんってのはありかな。冷凍麺を持って行けば、キャンプ場に着くころにはいい感じに解けてそう……

中食対外食という問題を考えていたはずなのに、結局キャンプに思いを馳せている。どこまでキャンプに行きたいのよ、と呆れつつ千晶はうどんのツユの最後の一滴まで呑み干す。塩分過多とうどん店に対する軽い敗北感、そしてキャンプに対する熱い思いを抱きつつ、千晶の昼食は終了した。

三月二週目の土曜日の午後、千晶は愛用の軽自動車に乗り込み、エンジンをかけた。

駅まで歩けない距離でもないし、前の職場だって自転車で通える距離だった。ひとり暮らしだというのに、車を持っているなんて贅沢だと言われそうだが、この車は祖母から譲り受けたものだ。

祖父母の家は千晶の実家から歩いて数分、いわゆる『スープの冷めない距離』にあり、子どものころからずいぶんかわいがってもらったが、三年前に祖父が亡くなってしまった。

両親は自分たちと同居してはどうかと誘ったけれど、祖母は元気なうちは大丈夫とひとりで暮らし、八十歳の誕生日を機に老人ホームへの入居を決めた。

移転にあたって車をどうしようかという話になったが、祖母にしてみれば生前に祖父が買い、ふたりであちこちに出かけた車なので愛着もある。買ってから五年ほど経つが、まだまだ走れるし、売ったところで大した金額にはならないだろう。それならいっそ孫に乗ってもらったほうがいいということで、千晶が候補に挙がった。

孫の中では一番近くに住んでおり、日常的に実家の車を乗り回していたから運転にも慣れている。早速千晶のアパートの大家に訊ねてみたところ、駐車場には空きがあり、料金も支払えないほどではなかった。

車があれば、日常生活のみならず、実家や祖母の入居先を訪れるのにも便利。おまけに軽自動車だから維持費も安くて済む。なにより祖父母の思い出たっぷりな上に、まだまだ乗れる車をただでくれるというのを断る理由はなかった。

そんなこんなで譲り受けてから二年、この車は千晶にとって相棒と言うべき存在となっている。さらに、もしこの車を持っていなければ、こんなに気軽にキャンプの再開を思い立ったりしなかったはずだ。

キャンプ場はたいてい交通が不便な場所にある。昨今は、先日交差点のモニターで見たコマーシャルのように、バイクでキャンプに出かける人も増えているようだが、千晶は自動二輪の免許を持っていない。

車の運転ができるのだから、原付には乗れるだろうと言う人がいるかもしれないが、その考えは甘い。普通自動車免許で運転できるのは第一種原付に限られ、最高速度は三十キロに制限される。交通量が少ない地区ならまだしも、自家用車を含めて大量の車が時速五十キロ、あるいはそれ以上のスピードで走っている中、時速三十キロで走るのは恐ろしすぎる。場所によっては通行帯が確保され、状況次第では歩道を走れる自転車のほうがましかもしれない。

――もらったときはキャンプに使うなんて考えてなかったけど、よく見るとこんなにキャンプ向きの車はないよね。この車は軽にしては車体が大きめだから長距離を走ってもそんなに疲れないし、後ろの座席が倒せるタイプだから荷物もすごくたくさん積める。こんなにいい車を譲ってくれるなんて、お祖母《ばあ》ちゃん、ほんとにありがとう！

祖母が車を譲る相手として自分を選んでくれたこと、運良く駐車場が空いていて、なんとか支払える範囲の料金だったことに改めて感謝しつつ、千晶は近所の巨大ショッピングモールに向けて走り出す。

ショッピングモールには百均、『ＩＴＳＵＫＩ』、そしてアウトドア専門店もある。上限三万円の『お買い物ゲーム』の始まりだった。

百均での買い物を終え、いったん駐車場に戻った千晶はほくほく顔だった。こうやって買ったものを置きに戻れるのは車があってこそ、とは思うが、ほくほく顔の理由はそれではなく、財布の中に収まるレシートの数字だった。

下調べに行った店では品切れ中で、もしかしたらここにもないかもと不安だった型のメスティンもちゃんと並んでいたし、予定になかった便利そうなグッズ、たとえば組み立て式の火ふき棒とか、一回分だけ入れられる円筒形の調味料入れとかまで含めても、支払いは三千円にも届かない額だった。メスティンなんてひとつ五百円もするし、ステンレスの皿やカップがあまりにもかわいらしくて二つも三つも買ってしまったというのに、この額ですんだのだから、大成功と言っていいだろう。

ただ、予算三万円に対して支払いはおよそ三千円、消化率十パーセントは上々の出来とはいえ、購入予定リストに残っているのはテントや寝袋、さらには焚き火グリルやガスバーナーといった値の張りそうなものばかりだ。

手放しに喜んでいる場合ではない、と気を引き締めて買ったものを後部座席に収め、再度売場に向かう。目指すは、アウトドア専門ブランドのグッズを扱うスポーツ用品店だった。

スポーツウェアやシューズ、各種ラケットやボールが並ぶコーナーを抜け、アウトドアコーナーに到着。ほかのものと異なり、テントや寝袋はとにかく大きいため、壁を使って展示しているところも多い。遠くからでも見つけやすくて助かるなあ……などと考えながら辿り着いたコーナーには、さっきまでとは桁違いの数字が並んでいた。

テントは一番安いものでも八千八百円、しかも雨よけシートが付いていない上にひとり用だった。

雨よけシートはともかく、ソロキャンプなんだからひとり用で十分と考えそうなところだが、ひとり用にもいろいろある。目の前にあるテントは本当に小さくて、寝袋を広げるだけでいっぱいになり、荷物の置き場が残りそうにない。

布きれ一枚とはいえ、荷物をテントの中に入れるのと外に放置するのとでは雲泥の差だ。キャンプ愛好者に手癖《てくせ》の悪い人がいるとは思いたくないが、キャンパー以外が潜り込んでくるかもしれないし、野生動物が荒らしに来るかもしれない。やはり荷物はテント内、目の届くところに置きたい。寝袋を広げただけでいっぱいになるようでは困るのだ。

持ち運びや組み立てが簡単かつひとりからふたり用、信頼の置けるメーカーで雨よけシートもちゃんと付いたもの、となると、価格はあっさり一万円を超えてしまう。しかも、寝袋はさらに悲惨だ。秋や冬でも大丈夫、なおかつコンパクトに収納できて扱いやすいものには二万円近い値段がついている。

是が非でも焚き火グリルやガスバーナーは信頼できるメーカーの製品を買いたい。焚き火への執着や使い勝手だけではなく、火に関わるものだけに安全性には妥協できない。キャンプは不便を楽しむもの――それは十分承知している。けれど、それと安全の確保は別問題だ。信用のおけないものを使って怪我《けが》をするのは嫌だし、事故や火事を起こすのはもってのほかだ。他人に迷惑をかけるのはもちろん、自然を壊すなんてキャンパーの風上にも置けない。

だが、焚き火関連を揃えた上でとなると、この価格帯のテントや寝袋の購入は難しくなる。

――下手に経験がなければ、通販で安いのを適当に買っちゃえるのに……

適当な品質で妥協していいものとそうしてはならないもの、カタログだけで買えるものと必ず我が目で確かめるべきもの……自分の中に厳然とある経験によって培われた知識が恨めしいほどだった。

この時点で、千晶にとって選択肢は三つだ。

ひとつ目はテントと焚き火グリルを買う。ガスバーナーはあるに越したことはないけれど、焚き火グリルがあれば料理はできる。夏に向けて気温は上がる一方だから、寝袋は諦めて毛布を持って行く。嵩張るには違いないが、テントサイトまで車で行けるキャンプ場を選べばいい。

ふたつ目は、テントも寝袋も諦めて焚き火グリルとガスバーナーを買う。それでは野宿ではないか、と言われそうだが、とりあえずデイキャンプにすればいい。久しぶりのキャンプなんだから、日帰りで散歩やアウトドアクッキングにとどめるというのは、悪い考えではない。

三つ目は予算をもう少し膨らませて、一気に全てを揃える。一時的に貯金は減るが、蓄えができるまでは仕事を辞めるに辞められない、という抑止力も期待できる。だが、計画達成率という意味での敗北感がとんでもない。下手に予算なんて設定しなければよかったと思っても後の祭りだった。

所狭しと並ぶテントや寝袋、その他のギア類を前にしばらく考え込んだ千晶は、えいやっとばかりに焚き火グリルを買った。

焚き火がしたいんだから、焚き火グリルを買わずにどうする。テントや寝袋なんてあとでいい。手元に焚き火のためのギアがあると思うだけでも嬉しくなる。双六《すごろく》の駒をひとつ進めた気分だった。

それでもやっぱり、少しでも早く焚き火をしたい気持ちは去らない。この際、小さくてもいいから炎が見たい、というちょっと危ない思いを持てあました千晶は、ミニコンロを試してみることにした。

切り込みが入った金属板を三角形に組み合わせるだけの簡単な仕組みだが、百均で見たとたん、あまりにもコンパクトでかわいらしくてつい買ってしまった。固形燃料を使う前提のコンロだし、一緒に小さな鉄板も買ったので小さく切った肉や野菜なら焼くことができる。おそらく室内でも問題なく使えるだろう。

有休を取ってでもキャンプに行って、早く本物の焚き火を楽しみたいのは山々だが、『五木ホールディングス』はかなりのホワイト企業だから、休日は保証されている。千晶は売場に出ないスタッフだから週末に連休が取れるし、一泊のキャンプなら簡単に行ける。

お楽しみが待っていると思えば仕事にも励めるというものよ、と自分に言い聞かせ、千晶は『ＩＴＳＵＫＩ』の食品売場に向かう。固形燃料とミニコンロの組み合わせでもなんとかなりそうな食材を買うつもりだった。

「え、千晶?」

玄関のチャイムを鳴らしはしたものの、勝手に鍵を開けて入ってきた千晶を見て、母が目を見張った。

もともと実家に寄る予定はなかったし、連絡もしていないから当然だろう。

「どうしたの、急に?」

「庭を貸してもらおうと思って」

「庭?」

「うん。ちょっと試したいものがあってさ」

そこで母は千晶が下げていた大きなエコバッグを覗《のぞ》き込み、天を仰いだ。

十年近く場所ふさぎだと嘆き続けていただけあって、エコバッグの中身がキャンプ用品であることを見て取ったのだろう。

「もうキャンプは卒業したと思ってたのに……」

「いったん卒業はしたよ。でも、再入学するの。ほら今、大学でも社会人入学できるところが増えてるし」

「ものは言いようね。で、なにを試すの?」

「ミニコンロ。固形燃料を使うやつ」

「それならアパートでもやれるじゃない」

「私もそう思ったんだけどさあ……」

ショッピングモールから家に戻る途中で気がついた。

焚き火グリルを買った今、本当にこのミニコンロを使うとは限らない。だが、キャンプである以上、使うとしたら屋外だ。風も吹かない家の中で試したところで意味がない。アパートにはベランダがあるがとても狭いし、そもそもベランダで煮炊きが許されるかどうか定かじゃない。近所から苦情をもらったり大家に叱られたりするぐらいなら、実家の庭のほうがいい、と考えた千晶は、急遽《きゅうきょ》行き先を変更したのだ。

「……ってことで、庭を貸してください」

「わかったわよ。ただし、火の元には十分気をつけて、後片付けもちゃんとするのよ」

「了解、って固形燃料だからそんなに大事にはなりっこないよ」

時刻は午後五時、太陽はすでに傾きかけている。あと一時間もすれば暗くなるだろう。少し強めの風も吹いているし、百均のミニコンロと固形燃料の組み合わせを試すには、もってこいの環境だった。

「台所も借りるね！」

「えー……お夕飯の支度を始めようと思ってたのに……」

「ほんの五分。野菜を洗って切るだけだから！　あと、調味料も拝借！」

迷惑そうな母を尻目に、買ってきた野菜や肉をエコバッグから出す。続いて調味料入れに入っていた塩、胡椒《こしょう》も……

ちゃっかり上等のスパイスミックスをかすめたのを見て、母がまた天を仰ぐ。そこにやってきたのは父だった。

「話し声がすると思ったら、やっぱり千晶か」

「お邪魔してまーす！」

「元気そうだな。で、なにやってるんだ？」

「庭でコンロを試すそうよ」

「コンロ？」

「この子、またキャンプを始めるんですって」

「そりゃいい。千晶はキャンプが大好きだったもんな。それにしても小さなコンロだな」

「だってひとり用だもん」

洗い上げた野菜をまな板にのせながら答える千晶に、父はあっさり頷いた。

「なるほどソロキャンプか。今、流行《はや》ってるらしいな」

「でしょ？　ひとりなら相手と予定を合わせる必要もないし、好き放題できる、ってことでただいま準備中」

「それでコンロから食材まで持って参上ってことか。お、いい肉じゃないか」

流し台に置かれた肉のパックに目を止め、父が羨ましそうに言った。そんな父に、母は苦笑まじりに答えた。

「お父さんの口には入りそうにないわよ。こーんなに小さなお肉ですもの」

「そりゃ残念」

「えーっと……みんなで分けようか？　私は焼き加減さえ試せればいいんだから」

こんなことなら、三人分の肉を買ってくるんだった。いくら途中で思いついたといっても、近くのスーパーに寄ることぐらいできたのに……と後悔する千晶に、父は手を左右に振りつつ言った。

「いや、肉はいいよ。俺は湯豆腐にするから。たしか……」

そう言いながら冷蔵庫を開けた父は、中から豆腐のパックを取りだした。さらに流しの下に頭を突っ込み、小さな鍋を見つけ出す。旅館でよく使われる鋳物のひとり用の鍋で、固形燃料を入れて使うコンロが付いている。

「あら、それ、あなたが前に面白がって買ったやつじゃない。すっかり忘れてたわ」

「俺も今の今まで忘れてた。でもこれなら庭に持ち出すのにぴったりだ。千晶、お父さんも参戦するぞ」

確かにコンパクトだから鋳物でも大して重くない。秋や冬の夜、これでひとり鍋をしたらさぞや身体が温まるだろうし、酒も進むに違いない。

千晶は勢い込んで父に訊ねた。

「ねえお父さん！　このお鍋、時々借りに来ていい？」

「借りる？」

「うん。これってソロキャンプにちょうどいいでしょ？」

「確かに」

抜け目ないなあ、と笑ったあと、父はあっさり言った。

「いいよ。あること自体忘れてたぐらいだし、どうせこのあとはまたしまい込むに決まってる。貸したり返したりも面倒だから、今日使ったあとはおまえにやる」

「やったー！　じゃあ、この椎茸《しいたけ》を使っていいよ」

湯豆腐なら茸《きのこ》があったほうがいいでしょ、と椎茸のパックを差し出す。肉のあとでバター焼きにするつもりだったが、ひとつかふたつで十分だ。六個入りのパックなので残りは湯豆腐に入れてもらえばいい。

「そりゃどうも。ついでにその人参もちょっととくれ」

「OK。薄く切ればいい？」

「そうしてくれ。それと、とっておきの酒があるから一杯やろう」

「お酒？　でも私、車だよ？」

「泊まっていけばいいじゃないか。庭で飯を食って酒を呑んで、そのまま泊まったらキャンプそのものだろ」

「いやそれ、全然違うし！　せいぜいプレキャンプ？　でもまあ、それもいいかな」

「なにより、明日はお祖母ちゃんのところに行くじゃないか」

「そうだった……」

　確かに、明日は朝から両親と一緒に祖母に会いに行く予定になっていた。この時間に実家にいて、今から食事をするのなら、アパートに戻るよりもここに泊まったほうがいい。日常的に出入りしているから着替えは置いてあるし、泊まりならお酒だって呑める。

「うん、そうする！」

「そうしろ、そうしろ。そうと決まったら、庭宴会だ！　母さんも一杯やろう」

　父は嬉しそうに酒やグラスを用意し始める。母は呆れながらも、どこか嬉しそうな顔で冷蔵庫を開ける。おそらくつまみになりそうなものを探してくれるのだろう。

　その後、ミニコンロプラス固形燃料と風の戦いを見守り、どうあっても風防が必要とわかった。風防も百均で買ってあり、今日はなんとか火を守ることができたが、これ以上風が強くなったら使い物にならない。もう少ししっかりしたものが必要という検証結果を得たあと、親子は本格的な庭宴会に突入した。

　ミニサイズのステーキと湯豆腐、父秘蔵の日本酒……途中で、固形燃料なんてまどろっこしいとカセットコンロが登場したが、それまでにミニコンロの性能は十分試せたから問題はない。母が冷凍庫から出してきた合鴨《あいがも》肉とネギの煎《い》り焼き、鰯《いわし》の丸干し、最後はスルメまで炙《あぶ》られ、ひたすら楽しい夜が過ぎていった。

「おはようございまーす！」

「おやおや、今日はいつも以上にご機嫌だね。いい週末だった？」

月曜日の朝一番、オフィスに入るなり元気よく挨拶をした千晶に、鷹野がにっこり笑って訊ねた。もちろん、答えはイエスだ。

「課長のおすすめに従って、またキャンプを始めることにしたんです」

「おー、それはいい！　で、もう行ってきたの？」

「まだです。まずギアを揃えるところからです」

「学生時代のは？」

「全部友だちや後輩に譲っちゃったんです。だから一からです」

「けっこう大変だな。でも、それはそれで楽しいか」

「そうなんですよ！　あっちこっち見に行って、気に入ったものがあれば買って。あ、でも、実家の庭でお試しはしてきました。プレキャンプって感じで」

そして千晶は、キャンプ用品の選定から週末の買い物までの経緯を簡単に語った。

鷹野は、昨今百均がアウトドアグッズを手広く扱っていることを知っており、それらを重点的に利用するという考えに賛同してくれた。

途中でにやりと笑いながら口にした「そういえば、先週見に行った郊外の店舗には大きな百均があったなあ……」という言葉にはひやりとさせられたが、鷹野のことだから、千晶が昼休みを利用して、ぎりぎり仕事と遊びを分けたことぐらい理解してくれているだろう。

「再開はデイキャンプからかと思ってたら、プレキャンプと来たか。でも、ブランク十年ならそれぐらい慎重なほうがいいかもな」

「でしょ？　ってことで、私は元気いっぱい。金曜までばりばり働きますよ！」

「それは素晴らしい。でも、テントと寝袋問題には結論は出てないんだろう？」

「それはそうですけど、とりあえずいろいろ試しながら考えます」

「そうか。まあ初心者じゃないんだからなんとでもなるよな。近頃、ホームセンターや作業服メーカーからもけっこういいのが出てるみたいだし」

「はい。アウトドア専門メーカーのものは値が張りますが、その分性能は間違いありません。でも、ひとりだし、登山をするわけじゃないので、そこそこ使えれば大丈夫ってギアもあります。そのあたり、うまく取り混ぜていこうと思ってます」

「それがいい。にしてもキャンプ……いいなあ……」

そこで鷹野は大きなため息をついた。その息の長さに、千晶ははっとする。そういえば、近頃彼自身がキャンプに行ったという話を聞いていない。以前は長い休みのあとは、家族で出かけたキャンプについて面白おかしく語ってくれたのに……。

「もしかして、課長もキャンプはご無沙汰ですか？」

千晶の質問に、鷹野はため息まじりに答えた。

「そうなんだ。子どもが小さかったころは、長い休みごとにキャンプをしてたんだけどね」

「お嬢さん、おいくつになられたんでしたっけ？」

「高二。高校生になったとたん一緒に出かけることも減ったよ。まあ、高校生にもなって休みごとに親とキャンプってのは逆に心配だけど」

確かに、千晶も高校時代に親とキャンプ、いや旅行全般に行った覚えはない。それは休みのたびに千晶がキャンプに行っていたせいなのだが、それがなかったとしても親と旅行をしたかどうかは謎だ。それぐらいなら友だちと遊んだほうがいいと思ったかもしれない。

けれど、鷹野があまりにも寂しそうで、思わず慰めずにいられなかった。

「大丈夫ですよ。休みごとは無理にしても、年に一回とか二回ぐらいなら一緒に行ってくれますって」

「一緒に行って『くれる』ねえ……それはそれで悲しいものがあるな」

「うわ、やぶ蛇でしたか！」

すみません、と頭を下げた千晶に、鷹野は笑いながら首を左右に振った。

「いいんだよ。子どもなんていつかは離れていくものだ。ちょっとずつひとり立ちの準備をしてもらわなきゃならんし、親も覚悟を決めないと。これから先は、キャンプも旅行も夫婦ふたりかな」

「それはそれで素敵じゃないですか。家族でも夫婦でもひとりでも、キャンプは楽しいです」

「そのとおり。それに夫婦だけなら、最悪車をテント代わりに使える」

「テント代わり？」

「うん、大型車だったとしても三人、四人で車で寝るのは大変だ。でもふたり以下なら大丈夫。ひとりなら軽自動車だってなんとかなる場合もある」

「そうか……とりあえず車で寝るって手もありですね」

「そういえば車を持ってたね。どんなのだっけ？」

そこで鷹野は、千晶の車についていくつか訊ねたあと、大きく頷いた。

「ああ、あの車種ね。女性なら余裕だよ」

「でも私、結構でかいですよ？　ほかにも荷物はあるし、隙間では収まらないと……」

千晶の身長は百六十八センチ、BMIは普通体重の範囲内にしても、女性としては大柄の部類に入る。試してみたことはないが、軽自動車の荷台で横になれるかどうか微妙なところだろう。

だが、鷹野はそんな千晶の懸念をよそに、あっさり太鼓判を押した。

「荷物を片側に寄せて、助手席を倒せばなんとかなるよ。どうせ一晩か二晩だし」

なんでも鷹野には、早期退職をした友だちがいるらしい。もともと根っからの旅好きで、軽自動車をキャンピングカーのように改造して全国を回っているという。身長は千晶よりは高い。体格も千晶と似たり寄ったりだから、彼が大丈夫なら千晶だって寝られるはずだ、と鷹野は言うのだ。

「俺の友だちは金がなくて、車を宿代わりに使ってるよ。二日三日続けて車中泊ってこともあるらしい。そいつは根っからのタフガイってわけじゃないけど、案外平気だってさ。榊原さんはそこまではしないだろ？」

「はい。キャンプは好きですけど、仕事をやめて旅烏《たびがらす》になる気はありません」

「だよね。だったらよけいに大丈夫。そこそこのテントを買って、急な大雨とか予想外に気温が下がっちゃったときは、車に逃げ込めばいい。車の中なら、寝袋だってマイナス五度までいけます、なんてのを買う必要もない」

「なるほど……」

一理ある、とは思う。

けれど、その時点で千晶の耳には『それは負けだ！』と囁《ささや》く声が聞こえていた。車は便利だけれどあくまでも移動と荷物の運搬手段に過ぎない。キャンプに出かけてテント、タープあるいはハンモックといったものを使って屋外で寝ないのは本末転倒ではないか。

寒かろうが暑かろうが、悪条件と戦いながら夜を過ごすのもキャンプの醍醐味のひとつだ。夜明けが近づくとともに、下がる一方だった気温が上昇に転じる。少しずつ明るくなっていく世界が連れてくる安堵《あんど》——どれだけ快適に夜を過ごせるとしても、あの身体から緊張が抜けていく感覚を味わえないのはつまらない。

そんな不満が顔に出ていたのだろう。鷹野は苦笑しつつ言った。

「ま、それも一案ってことだよ。どんなキャンプをするかは榊原さん次第だし、極上のテントや寝袋を揃えるために仕事を頑張ってくれるなら、それはそれで素晴らしい。ただ、榊原さんは思い立ったら吉日って人だから、一日も早くキャンプに行きたいならそういうやり方もあるってだけ」

「わかりました。ご教示、感謝します！」

「教示なんて大げさなもんじゃない。榊原さん、うちの嫁さんにけっこうキャンプの話をしたんだってね。嫁さんも言ってたよ。キャンプの話をする榊原さんはすごく楽しそうだったって。で、あの子もまたキャンプに行けばいいのに、なんてさ。この話を聞いたらきっと嫁さんも喜ぶし、俺も嬉しいよ」

そして鷹野は、またキャンプの話をしような、と言ってパソコンの電源を入れる。中近両用らしき眼鏡を取り出してかける鷹野を見ながら、千晶は感無量だった。

――鷹野課長は本当に私の性格をよくわかってくれてる。指示も助言も納得しやすい形にしてくれるから、仕事はスムーズに進むし、壁にぶつかっても乗り越えてこられた。その上、遊びについてまで共通の話題が持てるなんてありがたすぎる。課長はしばらくキャンプに行っていないみたいだけど、ブランクの長い私よりは最近のキャンプ事情に詳しいはずだ。きっと役に立つ情報やアドバイスをたくさんくれるだろう。

そして千晶もパソコンを立ち上げ、業務を開始する。

どれぐらいの火を熾そう。薪と炭、どっちを使おう。熾した火でなにを焼こう。肉でも魚でも野菜でも、お湯を沸かしてカップ麺を作るだけだっていい。焚き火はそれだけで楽しいし、なにより癒される。

ガスコンロや固形燃料ではなく焚き火。まるで生きているかのように揺らめく橙色の炎。そんなものとともに過ごす夜が、千晶は待ち遠しくてならなかった。

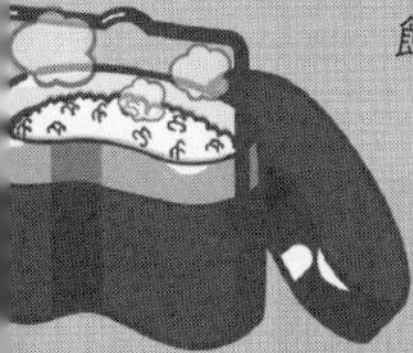

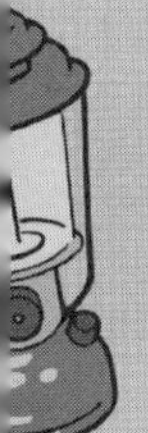

Solo Camping!

第二話

まずは日帰りで

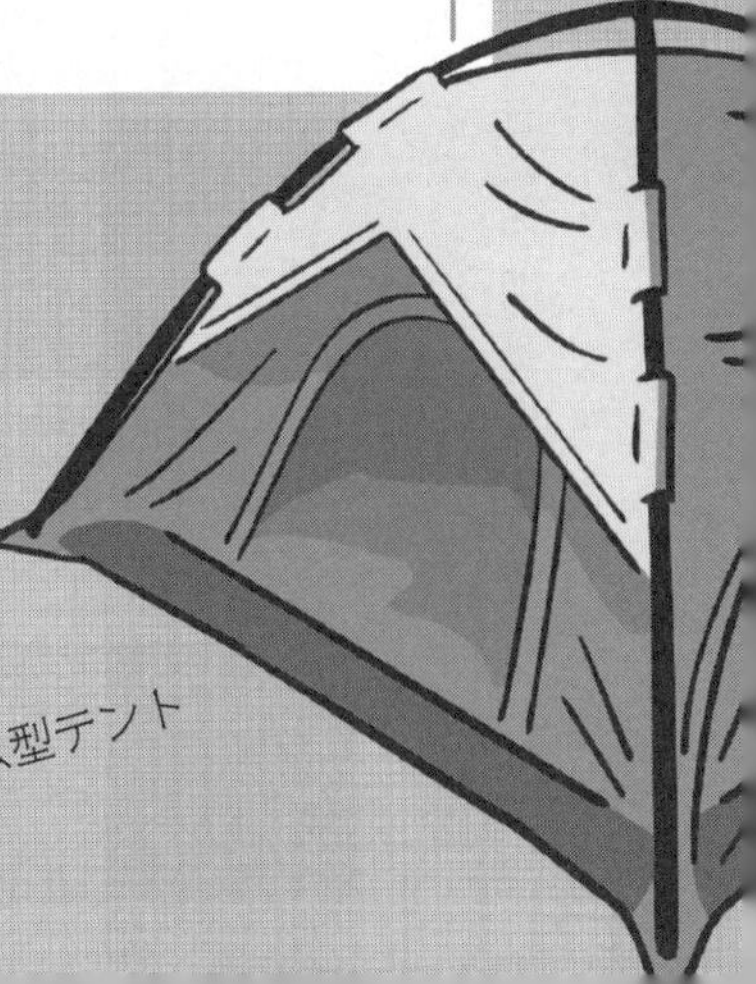

三月最終金曜日、千晶は商品開発部に続く廊下を歩いていた。

ちなみに時刻は午後一時四十分、コラボ予定のスイーツ店との打ち合わせを終え、戻ったところである。

いつもより、足取りが軽い気がするが、それも当然だろう。

明日、明後日は休みだ。雨の心配がなければキャンプに出かけられる。装備はまだ十分とは言えないけれど、久しぶりの泊まりキャンプとあれば、うきうきするなというほうが無理だ。

だが、まだ午後は始まったばかり、心置きなくキャンプに行くために、まずは仕事を無事に終わらせなければ……と勢いよくドアを開ける。

そのとたん、目に飛び込んできたのは野々村花恵《ののむらはなえ》の顔だった。

野々村花恵は昨年四月に入社し、新人研修を経て六月に商品開発部に配属になった。

少々緊張に弱くて失敗しがち、涙もろい面もあるが、非常に人懐《ひとなつ》こく、いわゆる『愛されキャラ』である。部内では一番年齢が近いせいか千晶が教育係を引き受けているのだが、調査や交渉を中心に仕事をしている千晶とは異なり、彼女は実際に製作に携わっている。確か今は、他店とのコラボではなく『ＩＴＳＵＫＩ』オリジナルのケーキ製作チームに入っていたはずだ。

花恵の細い眉は、見事に八の字を描いている。潤《うる》んだ目からは、今にも涙がこぼれ落ちそうだ。配属されてから十ヶ月の間、どれほどこの表情を見たことだろう。トラブルが起きるたびに、花恵はこんな顔で千晶のところにやってくる。表情だけではない。消え入りそうな声で、電話をしてくることもあった。

「どうしたの？」

千晶の声で、花恵の両目から涙があふれた。どうやら千晶の顔を見たことで、気持ちが抑えきれなくなったようだ。

「電車に置き忘れちゃいました……」

「え、なにを？」

「試作品……今日は私が会場に持って行くことになってたんです」

思わず絶句した。

花恵の言う『試作品』というのは、現在彼女のチームが開発中のオリジナルケーキのことだろう。ベルギー産のクーベルチュールチョコレートと国産栗《くり》をたっぷり使った濃厚なケーキで、開発チームは秋から冬に向けての看板製品を狙うと意気込んでいた。

千晶はチームには入っていなかったが、開発が最終段階に入ったことぐらいは知っている。みんなが『珠玉の出来』と褒め称《たた》えていたことも……

その試作品を電車に置き忘れるなんて、始末書ものの大失態である。

花恵は泣きながら告げる。

「電車の中で居眠りしちゃって、駅名のアナウンスで慌てて飛び降りたら、手が空っぽで……あっと思ったとたんドアが閉まって……」

「そっか……」

平静を装って対応しているものの、千晶の心の中では絶叫が響き渡っている。

最終試食会はいつも、電車で十五分ほどの距離にある本社ビルでおこなわれる。花恵は、試作品を本社に運ぶ途中で保冷ケースごと電車の網棚に置き忘れたという。

いつもならプレゼンを担当する研究員が自分で運ぶのだが、今日に限ってプレゼン担当者は社外に打ち合わせに行っていた。余裕で間に合うスケジュールだったはずなのに、相手側の都合で開始時刻が変更されたせいで、研究室に戻る時間がなくなって本社に直行、試作品を花恵に持ってくるように頼んだ。まさか、乗り換えなしの電車で保冷ケースを運ぶだけの仕事をしくじるなんて思いもしなかったのだろう。

「電車の中で居眠りって、もしかして昨日はよく眠れなかった？」

「大事な試作品を私が運ぶんだ、って思ったら緊張しちゃって」

なかなか寝付けず、眠ったと思ってもすぐ目が覚める。花恵はそんな夜を過ごしたという。そこまで緊張しなくても、とは思うが、花恵にしてみれば初めての大仕事、しくじってはならないと思ったのだろう。

「電車に乗ったら、昼間だからかすごく空《す》いてて、うっかり座っちゃったんです。保冷ケースも膝に抱えてるより棚にのせておいたほうがいいかなって……」

いやいや、そんなはずはない。断然膝に抱えていたほうが安定する。万が一、急ブレーキがかかった場合、網棚の上では飛び出しかねない。第一、膝にのせていれば置き忘れることなどなかったに違いない。

打ちひしがれる花恵は心配だが、商品開発部員としてはもっと気になることがある。

もちろん、試食会のなりゆきだ。

「香山《かやま》さんには連絡した？」

「もちろんです……」

香山というのは、プレゼンをする予定だった男性開発部員である。今回のオリジナルケーキチームのリーダーで千晶の三歳年上、入社してすぐのころから商品開発に携わっているため経験は豊富だし、なにより人気になる商品を見抜くセンスが抜群だ。

彼が手がけて商品化に漕《こ》ぎ着けられなかったものは片手の指で数えられるほどで、商品開発部のエースと名高い。今回の試作品にはかなり自信があるらしく、満場一致すら狙っていた。

電車に試作品を忘れた、試食会の開始時刻には間に合いそうにない、という花恵の半泣きの電話を受けた彼は、さぞや慌てたことだろう。

電車に忘れ物をした場合、駅員に連絡して探してもらうか、自分で先回りして同じ電車にもう一度乗り込んで回収するしかない。だが、駅員を探している間にも保冷ケースを乗せた電車はどんどん遠ざかる。駅員から電車の乗務員への連絡にも時間がかかるし、連絡を受けた乗務員が、すぐに忘れ物を探してくれるとは限らない。

なにより、保冷ケースが無事という保証はない。物騒な世の中だから、誰かが持ち去るかもしれないし、中身にいたずらされる可能性だってある。電車とともに去った試作品は、諦めざるを得ないだろう。

「それで、香山さんはどうしたの？」

「本社に連絡して、開始時刻を遅らせてくださいました」

「中止じゃなくて遅らせただけ？」

「予備が研究室にあったみたいで、今から取りに戻るって……。私が戻りますって言ったんですけど、自分で行くっておっしゃって」

電話を受けたときに香山がいたのは、試食会場を挟んで研究室とは正反対、往復に一時間以上かかる場所だったそうだ。それでも、自分で取りに行った。おそらく、もう花恵には任せられないと思ったのだろう。

「なるほど。でも、それなら試食会そのものはできたのね」

「はい……満場一致だったそうです」

「宣言どおりってことね」

さすがは開発部のエースだ、と思う。

だが、花恵にすればそれどころではない。部署の大先輩、しかもエースと名高い香山の試食会を妨げてしまった。最終試食会のメンバーは忙しい人が多い。業務の一部には違いないが、予定が狂ったことで心証を害する人がいないとは限らない。今回は満場一致になるほど優れたものだったからよかったものの、試作品に少しでも問題があれば評価が覆った可能性すらあった。

自分のせいでそんなことになったら、と花恵は生きた心地もしなかっただろう。

「ヒヤヒヤだったね。でも、なんとかなってよかったじゃない」

「それはそうなんですけど……私、香山さんに合わせる顔がなくて……」

香山はまだ本社から戻ってきていないらしい。

謝るべきなのはわかっている。だが、言い訳の余地すらない失敗だけに、詫《わ》び方すらわからずおろおろしていたのだろう。

「香山さん、怒るとすごく恐いし、絶対怒ってます。なんて言って謝っていいのか……」

「真面目で熱い人だからねえ……でも、そんなに心配することないわよ。満場一致ならご機嫌で帰ってくるでしょう」

「それとこれとは話が別じゃないですか……。どれほどいい結果でもミスはミス。大事な試作品を置き忘れるなんて言語道断、って怒られるに決まってます」

「確かに。でも、あの人の性格なら、ぱーっと言うだけ言って終わりにすると思う」

「そうですか？」

「間違いない。私も怒鳴られたことがあるけど、そのあとは普通だった。そこら中の空気がビリビリ震えそうなほど大声で、めっちゃ恐くて、このまま頭から食われるんじゃないかと思ったけどね」

「そんなに怒鳴るんですか⁉」

「あー怒鳴るっていうのは言い方が悪かったかも。声が大きいからそう聞こえちゃうだけかな。香山さんは、元応援団なんだって」

「応援団……」

「しかも団長。当然、腹式呼吸バリバリの大声。でも応援団だけに、応援するのは大好きなのよ。『すみませんでした！』って元気よく謝って『もうこんな失敗しません。明日からもっともっと頑張ります！』でいいんじゃない？」

「それで済むでしょうか……」

「済む済む。香山さんもそろそろ帰ってくるでしょ？　ふたりで謝って、なんとか許してもらいましょう」

「榊原さん、一緒に謝ってくださるんですか⁉」

「これでも教育係だから。でも、メインは野々村さんだからね。誠心誠意謝るのよ」

「はい！　よかったー……課長はお留守だし、ほかの皆さんもお忙しそうだし、もうどうしようかと……」

思わず苦笑が漏れた。

なるほど、鷹野も出かけているのか。教育係も頼もしい上司も不在、盾になってくれそうな人がひとりもおらず、花恵は心細くて仕方がなかったのだろう。

花恵は、さっきとは打って変わって明るい顔だ。声も半オクターブぐらい高くなっている。これはこれでよし、と思ったとき、ドアが開き、鷹野が入ってきた。

「あ、課長。お帰りなさい！」

花恵が嬉しそうに挨拶をする。千晶以上に頼もしい助っ人の登場と言ったところか。

隣で会釈をした千晶を認め、鷹野がほっとしたように言う。

「ただいま。榊原さんも戻ってたんだね。野々村さんから試作品の話は聞いた？」

「はい。でも課長、よくご存じでしたね。今、戻られたばかりでしょうに」

「うん。試食会が遅れたって連絡があったから」

「えーっと、それって香山さんからですか？」

「いや、比嘉次長から」

「うわ……」

思わず漏れた声に、鷹野が苦笑いする。

「そんな顔しなくても、大したことは言われてないよ。むしろいいものができたって褒めてくれた。ただ、開始時刻が遅れたのはいただけない、ってぐらいかな」

おそらくそれは、企画書に千晶の名前がなかったからだろう。千晶が関わっていたら、あの手この手で商品化を遮ろうとしたに違いない。チームに入っていなくて本当によかった、と安堵《あんど》する。一方、花恵は辛《つら》そうに俯《うつむ》いている。

「すみません、私のせいで……」

「大丈夫だよ。次長はあとの予定が詰まってたから嫌みを言いたかっただけ。実際には意見も割れずに満場一致、予定からちょっと遅れただけで終了したから、次長が次の予定に遅れることもなかったそうだから」

「でも……きっと香山さんはすごく怒ってらっしゃると……」

「どうかな。彼はさっぱりした男だから、結果オーライで済ますんじゃ……あ、ほら帰ってきたみたいだよ」

廊下からカツカツカツ……という靴音が聞こえてきた。すぐにドアが開き、姿を現したのは香山だった。

「お帰り、香山君。いい首尾だったみたいだね」

「ただいま帰りました……あ、野々村さん！」

花恵がびくりと肩を震わせる。おそらく怒号が飛んでくると思ったのだろう。ところが、驚いたことに香山は勢いよく頭を下げた。

「ありがとう！　君のお陰で助かった！」

「はい？」

顔を見合わせた三人に、香山が事情を説明してくれた。それによると、最初に花恵が持って出た試作品は、実は未完成だった。運び出す直前にトッピングするはずだった飴《あめ》細工をのせないまま、渡してしまったという。

香山が取りに戻ったときには、代わりの試作品が用意されていたが、それにも飴細工はのせられていなかった。自分で取りに戻ったおかげでトッピングがないことに気付け、完成品を試食会に出すことができた。

指先ほどの大きさしかない飴細工ではあっても、あるのとないのとでは味も見た目も大違い。商品化に漕ぎ着けることはできたかもしれないが、満場一致にはならなかっただろう、と香山は言うのだ。

「ありがとう！　電車に置き忘れてくれて！」

「いえ、そんな……お礼を言われるようなことでは……」

「災い転じて福となす、か。まずはよかった。でも、野々村さん、これからは気をつけてね」

鷹野の言葉に、花恵はまた深々と頭を下げる。

試作品を置き忘れたのは確かに悪かったけれど、むしろいい結果に繋《つな》がった。今日は金曜日だから、週末しっかり休めば、また元気に頑張れるに違いない。

それから終業時刻までは、何事もなく過ぎて行った。仕事もきりのいいところまで進められたし、休日には楽しい予定が待っている。まさに気分は上々、その時点で千晶は、花恵が立て続けに『やらかす』なんて、予想もしていなかった。


翌週月曜日、千晶は上機嫌で出勤した。

あいにく週末は天候が優れず、キャンプに行くことはできなかったが、悪いことばかりではなかった。暇に飽かせて実家に戻って物色したところ、物置で小さなテーブルを見つけたのだ。

軽くて熱にも強いアルミ製で、折りたたむこともできるソロキャンプにはぴったりのテーブルだ。しかも、香典返しのカタログギフトで選んではみたものの、使うあてがない、欲しいなら持っていけと言われ、大喜びでもらってきた。

天気が悪くて行けない間にも、キャンプの準備は着々と調っていく。ますますキャンプに行くのが楽しみになる。憂鬱な月曜日の通勤ラッシュすら、来るなら来い！という気分だった。

ところが、会社について商品開発部に入るなり、花恵が駆け寄ってきた。しかも、金曜日以上に困り果てた顔をしている。気持ちよく休みに入ったはずなのに、と千晶は首を傾《かし》げた。

「おはよう、野々村さん。どうしたの？　なにかまずいことでもあった？」

週末を挟んだとはいえ、仕事の上では『昨日の今日』である。そんなに次々失敗できるはずがない、と自分に言い聞かせながら訊《たず》ねる。返ってきたのは、過去最大級の『やらかし報告』だった。

「おはようございます、榊原さん。実は私、金曜日に帰るとき、コンセントを抜いたんですけど……」

「コンセント？」

そもそもコンセントは抜けないよ、抜くのはプラグでしょ……と突っ込みたくなるが、問題はそこにはない。とにかく詳しく話して、と促した結果、彼女が抜いてしまったのは、冷蔵庫のプラグだとわかった。

「なんだ、冷蔵庫なの……それなら……」

冷蔵庫にはそれほど大事なものは入っていなかったはずだ。例の試作品の残りは入っていたが、試食会は終わっているし、だめになったところで問題はない。影響を受けるのはせいぜいそれぞれが入れていた私物、という安心もつかの間、花恵は驚愕《きょうがく》の事実を告げる。

「でも私、コンセントを抜く前に、冷凍庫の中のものを冷蔵庫の冷凍室に移しちゃったんです」

「えーっ⁉」

『なんで？』と『どうしよう！』が一挙に押し寄せてくる。

花恵は消え入りそうな声で言う。

「本当にすみません……金曜日に帰る前に冷凍庫を見たら、霜がけっこう付いてたんです。入っていたのはアイスクリームだけでしたし、これぐらいなら冷蔵庫の冷凍室に移せるからって……」

「そういえば、あの冷凍庫は自動霜取り機能がついてなかったわね。それで霜取りをしようとしてくれたのか……」

「はい……。週が明ければまた冷凍庫に入れるものが増えるかもしれませんし、金曜日にコンセントを抜いておけば、月曜の朝一番で霜取りと掃除ができると……」

要するに、花恵はアイスクリームを冷凍庫から冷蔵庫に移動させた上で、冷蔵庫のプラグを抜いた。食材の衛生管理は重要だし、定期的な霜取りと掃除は必要なことぐらいわかっている。溶けて使い物にならなくなったにしても、ただの素材だ。試作品がダメになるよりはマシだろう。

必死にそう思い込もうとしたができない。鏡を見なくても、自分が引きつった笑顔を浮かべていることがわかる。頭の中に『どうしよう！』という文字が渦巻く。なぜなら、溶けたアイスクリームは、新しく考案したデザートに使うために千晶が苦労して探し出してきたものだからだ。

製造元は北海道の個人商店で、話を持ちかけた当初、店主はまったく乗り気ではなかった。現状維持で十分、食べていけさえすればいい、という姿勢だった店主にあの手この手で説得を重ね、ようやく使用許可を得て試作用に送ってもらったのだ。

あのアイスクリームは東京では売られていない。通販で取り寄せもできない。全滅したとなると、また送ってもらうしかない。あんなにたっぷり送ってもらったばかりなのに、なんと言って頼めばいいのか……

時代劇さながらに『そこへ直れ、たたき切ってやる！』と叫びたくなる気持ちをぐっと堪《こら》え、しょぼくれる花恵に精一杯優しく話しかける。これぞ教育係の鑑《かがみ》、と褒め称えたくなるほどだった。

「霜取りと掃除か……よく気付いたわね。今週はアイスデザートの試作が始まるから、冷凍庫はカップとかトレイでいっぱいになっちゃうもんね」

「榊原さんからいつも、周りを見ながら仕事を進めるようにって言われてたので、皆さんのスケジュールには気をつけるようにしてたんです。アイスデザートのこともスケジュール表から……」

「なるほど。で、抜くべきプラグを間違えた、と……」

「そうなんです！　さっき掃除しようと思って開けたら、冷凍庫の霜はそのままで、慌てて冷蔵庫を見たらそっちは全然冷たくなくて……。私が言うのは間違ってると思いますけど、せめてもうちょっとわかりやすければ……」

言い訳はよせ、と言いたくなるが花恵の気持ちもわからなくはない。

コンセントもプラグも冷蔵庫と冷凍庫から少し離れた壁にあってよく見える。ただし、コードは冷蔵庫や冷凍庫の裏側から長く伸びてきているので、どちらがどちらのコードなのかわかりにくい。懐中電灯で裏側を照らして確かめない限り、千晶でも間違えるかもしれない。

とはいえ、通常であれば冷蔵庫も冷凍庫もプラグを抜くことなどない。節電のために使っていない電化製品のプラグを抜く人は多いだろうが、冷蔵庫と冷凍庫は対象外。よほどのことがない限り、通電しっぱなしにしておくはずだ。

抜かない前提だからわかりにくくてもかまわない、という考えの下に放置されていたのだが、まさか花恵が抜いてしまい、あまつさえ間違えるなんて予想外もいいところだった。

「皆さん、いつもどうやって見分けてるんですか？　もしかして引っ張ってみるとか？」

「引っ張るもなにも、コードが繋がってるのは裏側なんだから、それじゃあわからないわよ。野々村さんこそ、どうしてこっちが冷凍庫だって思ったの？」

「片方を抜いてみたら、それまで聞こえてた冷蔵庫の音が止まったんです。だから、あ、こっちじゃないなって」

「たまたまコンプレッサーが止まったのかしら……」

「みたいです……。ほんとに皆さん、霜取りのときはどうされてるやら……」

「スイッチを切ってるのよ」

「スイッチ？」

「そう。冷凍庫は前面にスイッチがあるの。霜取りのときはそれを切るだけ」

「あれって温度調節用じゃ……」

「じゃなくてその下」

温度調節用のダイヤルの下にスイッチがふたつある。片方は急速冷凍用で、もう片方は電源である。いずれも家庭用の冷凍庫にはないものなので、気がつかなかったのだろう。冷凍庫のところに行って確かめてみると、スイッチはオンの位置にあり、電源が入っていることを示すランプがついている。電源コードが抜かれていない証拠だった。

「知りませんでした……」

「そっか……教えておくべきだったわね」

この子を責めても仕方がない。教えなかった自分たちが悪いのだ。そうでも思わないとやりきれない心境だった。

そのあと出勤してきた鷹野にも報告し、繰り返し詫びる花恵とともに後始末にかかった。

件《くだん》の冷蔵庫は、もっぱら従業員たちが自分用に買ってきた飲み物や食べ物を保管するために使われている。飲み物は未開封のペットボトルや缶入りばかりだし、週末を挟んでいたので傷みやすい弁当や総菜を入れている者もいなかった。

一番問題なのはアイスクリームだったが、北海道の製造元に連絡したところ、意外にもすぐに出荷してもらえることになった。平身低頭なおかつ、隠し立てせずに起こったことをそのまま伝えたのがよかったようだ。製造元の店主には千晶と同い年の娘がいるそうで、そんなこともあるだろうと笑って許してくれたのだ。

鷹野は、日頃から取引先といい関係を作っていたからこそだ、と千晶を褒めた。けれど、千晶は苦労していい関係を作ってきた取引先に迷惑をかけてしまったことが申し訳なくて仕方がない。それでも、とりあえずなんとかなったことにほっとしつつ、茫然自《ぼうぜんじ》失《しつ》の花恵に発破《はっぱ》をかけ一緒に掃除を始める。

冷凍室の中はかなりの大惨事だった。工場でしっかりパッケージされたものであれば、溶けたところで容器から漏れ出すことはないが、個人店だったせいか、使われていたのは蓋《ふた》の緩いプラスティックケースだった。おまけに花恵はそれらを立てて入れていた。冷蔵庫に付いている冷凍室は狭いし、溶けるなんて思いもしなかったのだから無理はない。

悪条件が重なった結果、溶けたアイスクリームはだらだらと流れ出し、大変な有様。糖分も脂肪分も高いアイスクリームだけに、拭《ふ》いても拭いてもベタベタは取れない。やっとのことで掃除を終えたときには、午前十一時を過ぎていた。

やろうと思っていた仕事の大半は手すら付けていないのに、午後は打ち合わせのために外に出なければならない。午前中にやり残した仕事は戻ってからやるしかないが、本日の打ち合わせは場所が遠い上にかなり長引きそうな案件だから、戻れるのは早くても五時か五時半になる。明日は明日でやらなければならないことが山積みだから、今日の予定は残業してこなすしかない。

週明けの午前十一時に残業が確定して嬉しい人なんていない。週末にキャンプを楽しむためにも仕事をしっかり頑張るぞ！と思っていたけれど、こんな頑張り方は違う。

おまけに、なんとか本来の仕事を始めようとパソコンを立ち上げたところ、トップ画面に貼り付けている天気予報に雲と傘のマークが並んでいた。この様子では、土曜も日曜も雨が降りっぱなしになりそうだ。

――ちょっと待って……これじゃあ全然キャンプに行けない。

開いていないならまだしも、土曜日に限って満開の傘だ。始めたあとで降り出す雨ならやむを得ないが、ざんざん降りの中、テントを立てたり火を熾《おこ》したりする気にはなれない。いくら昔取った杵柄《きねづか》でも、雨よけシートをかぶせる前にテントは濡《ぬ》れてしまうだろうし、置いた端から濡れていく炭や薪《まき》に着火する自信はなかった。

仕事は散々、お楽しみは先送り……千晶のやる気は溶けたアイスクリームのように流れ去る。千晶の人生において、五本の指に入るほど最低な週明けだった。

そんなことがあったあと、せっかくキャンプ用品を揃《そろ》えたというのに、キャンプに出かけられないまま時はどんどん過ぎていった。

四月、五月……梅雨には気が早いんじゃないの⁉と吠《ほ》えたくなるほど、週末に限って空が泣いていた。正確には、一度や二度は雨ではない日があったけれど、そんな日は、空は晴れ渡っているのに雲すら留《とど》まれないほどの強風に見舞われた。

あの百均で揃えたコンパクトさ重視の調理グッズなど、広げた瞬間に吹っ飛ばされそうだし、折りたたみ式の焚《た》き火グリルだって怪しいものだ。無理やり火をつけたところで強風の中での火加減は難しく、風とともに吹き付ける煙で千晶自身が燻《いぶ》されかねない。これでは無理だと諦めざるを得なかった。

ゴールデンウィークはゴールデンウィークで、あらゆるキャンプ場の予約が埋まっていた。どうして、もっと早くから予約しなかったんだと自分を責めても後の祭り。観光地のホテルならまだしも、キャンプ場がそんなにいっぱいになるなんて思っていなかった。千晶が行けそうにないほど離れた場所にあるキャンプ場ですら、ソロキャンプエリアはいっぱいで、駐車場からうんと離れたファミリー用がひとつ、ふたつ空いているだけ……恐るべし、キャンプブームだった。

いずれにしても嘆いたところで状況が変わるわけではない。またしても実家に戻り、庭で焚き火グリルを試してみようと思ったけれど、両親に止められた。

以前ミニコンロを試させてもらったし、庭宴会だってすごく楽しかったではないか。焚き火グリルならバーベキューができる。炭ももう買ってある。面倒なら、支度も後片付けも全部引き受けるから、と言っても、両親は首を縦に振らない。どうやら問題は準備云々《うんぬん》ではなく、バーベキューによる煙や匂いの拡散にあるらしい。

風薫る五月、エアコンなしで過ごせる数少ない季節ということで窓を開けている家も多い。そこから煙や匂いが入り込むのは迷惑すぎる。せっかく近隣と仲良くやっているのに、バーベキューが原因で嫌われるなんてもってのほかだ、と言う。

千晶や妹が子どものころは平気でバーベキューをやっていたし、近所の家も同様だったのに……と唇をとがらせても、時代が変わったのだ、で片付けられ、千晶のキャンプ計画は頓挫したまま過ぎていった。

そして、アウトドアの『ア』の字もないまま迎えた五月半ば、とうとう晴天かつ風もない日曜日が巡ってきた。

本当は土曜日が望ましかったけれど、昨日は朝から雨だった。午後遅くになってようやくやんだものの、天気予報のお日様マークは日曜から火曜まででおしまいで、来週末はまた傘マークが並んでいる。

明日は仕事だが、デイキャンプならそれほど疲れないはずだ。これを逃してなるものか、と千晶は朝一番で車にキャンプ用品を積み込んだ。

今は無風だが、それが一日中続くとは限らない。なにより、早く出かければあちらでの滞在時間が延びる。近頃日が長くなってきたから、朝から日没まで過ごせれば、泊まりのキャンプとほとんど変わらない。食事の支度だって昼と夜で二回できるし、テントや寝袋の具合だって確かめられるだろう。

それにしても……と、千晶は車の後部座席に鎮座するテントを見てにんまり笑う。最初のデイキャンプで、テントまで試せるなんて思いもしなかった。テントを手に入れるのはもう少し先、少なくともデイキャンプでほかのギアを試してからにするつもりだった。

にもかかわらず、今ここにテントがあるのは、鷹野が譲ってくれたからだ。

十日前の金曜日、千晶が出勤するなり鷹野が飛んできた。おそらく、千晶が来るのを待ち構えていたのだろう。一瞬、なにかまずいことでも起こった、あるいはまた花恵がなにかやらかしたのか、と心配になったが、朗報を早く告げたかっただけらしい。

朝の挨拶もそっちのけに、彼は言った。

「榊原さん、テントはもう買っちゃった？」

「いえ、まだ……」

またキャンプを始めようかと思っている、と鷹野に話したのはもう二ヶ月も前のことだ。あれから給料日は二度あったし、キャンプ用品を買うために日々の生活を切り詰めてもいる。お陰でそこそこのテントか寝袋のいずれかを購入できるぐらいの資金は貯《た》まっているのだが、あくまでも『そこそこ』に過ぎない。機能、大きさ、デザイン……どれかを妥協すれば買えなくもない、という程度なのだ。

テントと寝袋が揃わなければ、泊まりがけのキャンプには出かけたくない。というか、最初から車中泊はいやなので、事実上出かけられない。それならまだ時間はあるから、もう少し資金を貯めてから、と千晶は考えた。

デイキャンプにすら行けていないから、現在のキャンプ場事情もよくわかっていない。雑誌やインターネットによる情報収集は抜かりないが、聞くと見るとでは大違いということもある。やはり自分の目で見て、必要なものを揃えたいという気持ちがあった。

そんなこんなで二ヶ月経った今も、テントと寝袋は未購入という状態で、鷹野がその話を覚えていたことに驚いてしまった。

テントはまだ買っていない、と聞いた鷹野は、さらに嬉しそうな声を上げた。

「よかった！　実は昨日嫁さんに、榊原さんは元気かって聞かれてね。そのときに、またキャンプを始めるらしいって話をしたんだ。テントが買えないって嘆いてたってことも。そしたら、テントならうちにあるのを譲ってあげればいいじゃないって言われてさ」

鷹野夫妻の間で、時折自分の話が出ていることは知っていた。

ふたりは仲のいい夫婦で、会話も豊富だ。かつての同僚で現在鷹野の部下でもある千晶が、話題に上ることも多いのだろう。鷹野夫婦に限って千晶の陰口なんて言うわけがないし、夫婦間のコミュニケーションに一役買えるならそれはそれでけっこうなことだ、と千晶は考えている。

だが今は、そんなことよりテントだった。

「テントをいただけるんですか⁉」

半オクターブほど上がってしまった声がうるさかったのか、鷹野が片耳に指を突っ込んで答える。

「ああ。ちょっと……いや、かなり古いんだけどものはいい。うちの嫁さんも学生時代、さんざんキャンプに行き倒してたてね」

「知ってます。前に職場の飲み会で、キャンプ話で盛り上がったことありますし」

「そうか。それなら話は早い。とにかくそのテントは、嫁さんが選んでずっと愛用してきたものなんだ。言うならばお墨付き」

「鷹野主任のお墨付きなら間違いないですね。でも、私がいただいちゃったら、課長が困るでしょう?」

鷹野はしばらく行っていないとはいえ現役のキャンパーだし、おそらく里咲もそうだろう。

娘さんと三人でのキャンプはもう行かないにしても、夫婦あるいはそれぞれがひとりでキャンプに行くこともあるかもしれない。それとも、もうキャンプから足を洗うつもりなのだろうか。前に話したときには、これからキャンプについていろいろ話をしようと言っていたのに……と思っていると、鷹野が笑いながら言った。

「そんなに心配そうな顔をしなくていいよ。なにも俺たちが使っているテントをあげるって話じゃない。『鷹野主任のお墨付き』はほぼ引退中」

「引退中?」

「そう。ふたり用でもけっこう広めだから、子どもが小さいうちはなんとかなってたんだけど、大きくなってくるとさすがに狭い、ってことで買い換えたんだ」

とっくに処分したと思っていたから、あのときは話に出さなかった。妻から話を聞いて確かめてみたら、物置の奥のほうにちゃんとあったし、まだまだ使えそう、とのことだ。

鷹野は嬉しくてならないといった様子でテントについて語った。

「有名ブランドの製品だし、ちゃんと手入れしてしまってあったから、大丈夫なはず。うちの嫁さん、物持ちがいいからさ」

「きちんとしてますもんねえ……昔からバックヤードの片付けとかにも人一倍熱心でしたし。それにしてもさすが鷹野主任、優しいなあ……」

「誰にでも優しいってわけじゃないよ。頑張ってる人には優しいってだけ。いい加減なやつにはかなりひどいよ」

「あー、それわかります。掃除とか接客とか適当にやってる子を見て、めっちゃ冷たい目になってました」

一度は注意するが、それ以上は放置。一度で直せないことは、何度言っても直せない、と切り捨てる。そう考えるところが里咲の恐いところだった。

「だろうな。たぶん今の子は叱られ慣れてないから、叱りすぎて逆恨みされても困る、とでも思ってたんだろう」

「でしょうね。で、あとで掃除し直したり、お客さんへのフォローをしたり……。あれはあれで大変だったと思うんですけど……」

「それでも、ねちねち文句を言うよりは性《しょう》に合ってたんだろ」

「鷹野主任らしいです」

「だな。とにかく、その『鷹野主任』が、榊原さんにならあげていいってさ。うちの嫁さん、人の好き嫌いがはっきりしてるけど、榊原さんはお気に入りなんだ。なんでも一生懸命やる子だし、新人の教育だって大変に違いない。ストレスをためることも多いだろう。しっかり遊んでストレス解消してほしい。雨続きだからすぐには行けないかもしれないけど、テントがあるってだけでも気分が『上がる』はずだからって」

「うわー嬉しい！　それに、さすが鷹野主任、わかってるー！」

ここまで認められているなんて嬉しすぎる。ますます頑張らなくては、と思う。とはいえ今は、『鷹野主任お墨付き』のテントがもらえる喜びのほうが勝る。テントがあるだけでも気分が『上がる』とはよく言ったものだ。学生時代に存分にキャンプを楽しんだ里咲だからこそ、の理解だろう。

妻についてまだ語りたそうな鷹野には悪いと思いつつ、千晶は話をテントに戻した。

「それで、テントはどうやって……？」

「俺が担いでくるよ。ふたり用ならなんとか……」

「通勤ラッシュ時にテント担いで電車に乗るなんて論外です。私だって持って帰るときに困るし。あ、そうだ。宅配便で送ってください。もちろん着払いで！」

「着払い……」

そこで鷹野が噴き出した。

なにがおかしいのだ、ただでもらうのだから送料はこちらが負担するのが当然だろう。けれど、鷹野は妙に納得した顔で言う。

「うちの嫁さんもきちんとしてるけど、榊原さんも相当だね。上司にこんなにはっきり費用のことを言い出すとは思わなかったよ」

「だって……」

「うん、わかってる。そういうところが、うちの嫁さんが気に入ってるところなんだろうな。でも、送料なんて気にしないで。うちだって物置が広くなって助かるんだから」

鷹野の言葉を聞いたとたん、千晶の頭に送料以上の心配が浮かんだ。それは、本当にもらってしまってかまわないのか、ということだ。

捨てずにいたのは、いずれまた使う日が来ると考えたからではないか。娘さんが一緒に行かなくなったとしたら、夫婦だけのキャンプになる。ふたり用だし、多少小さめでも以前は使っていたのだからこれからだって使えるはずだ。

　なにより、鷹野か里咲がソロキャンプに行かないとは限らない。少なくとも鷹野は今までだって行っていたはずだ。そんな話を聞いた記憶がある。ふたり用のテントは、登場頻度こそ少ないが、現役なのではないか……

　テントは欲しいが、さすがに今使っているものを奪うのは気がひける。やむなく千晶は、テントを辞退することにした。

「やっぱりいいです。たぶんそれって、今も使ってらっしゃるんですよね？　私を安心させようと思って、使ってないっておっしゃっただけで……」

　だが、千晶の問いを聞いた鷹野は一瞬言葉を失った様子だった。微妙に後ろめたさも感じられる。だが、そんな気配はすぐに消え、鷹野はにっこり笑って言った。

「嫁さんの予想どおりだ」

「どういう意味ですか？」

「榊原さんならそう言うだろう、って。でも違うんだ。そのテントは本当に使ってない。だってうちにはもうひとつテントがあるからね」

「ファミリー用のでしょう？」

「じゃなくて、正真正銘ひとり用のテント。しかもかなり新しい。前に俺がソロキャンプに行きたくて買ったんだ。ふたり用のは、捨てるのが面倒で置いてあっただけ」

「本当ですか？」

「ほんとほんと。まあ、嫁さんは、いずれまた使うかもって思ってたんだろうけど、それは俺たち以外の誰か。その誰かに、榊原さんがなっちゃいけない理由はない」

だから遠慮なくもらって、と微笑《ほほえ》まれ、千晶はこっくり頷《うなず》いた。里咲が手入れをしていたテントなら、多少古くても心配いらないだろう。むしろ、当時は最上級の品質だった可能性すらある。『棚からぼた餅』とはこのことだ、と千晶はテントの到着を待ちわびた。

かくして数日後の日曜日、大雨をついて『鷹野主任お墨付き』のテントが千晶の家に届けられ、めでたく本日のデイキャンプに持ってくることができたというわけだった。

濃いグレーの収納バッグには、キャンパーなら知らない人はいないだろうというブランド名が記されている。少々値は張るが、品質に間違いはない。早速開けて見ると、鮮やかな若草色と白のツートンカラーが目に飛び込んできた。

「うわあ、これかあ！」

思わず喜びの声が出た。

このテントは、千晶の学生時代から今に至るまで定番に留まり続ける大人気商品だ。スペースはゆったりしているのに組み立ては超簡単で、取り出して広げたら四隅にある伸縮フレームを伸ばすだけで出来上がる。複数人用のテントには、ふたりがかりでなければ組み立てられないものが多い中、ひとりでも難なく組み立てられる優れものだった。

よく見ると白い部分は少し黄ばんでいる。だがそれは単なる経年劣化で、泥や砂、枯れ草などの汚れは一切付いていない。アウトドアで使うテントがここまできれいというのは考えにくいから、千晶に譲るにあたって、丁寧に手入れをしてくれたのだろう。

さすが鷹野主任、と感謝しつつテントを組み立てる。持ってきた荷物をぜんぶ入れても寝るスペースはたっぷり。黄ばんだ白地がかえって自然に馴染《なじ》む、泊まれないのが悔しくなるほど素敵なテントだった。

――すごくいいテント……って、見とれてる場合じゃない！

実は、自宅からここに来るまでに二時間半もかかってしまった。高速道路を使えばもっと早く着けたのだろうが、料金が惜しい。一般道でも一時間半あれば着くはずだから、その分早く出発すればいいと思ったのに、事故渋滞に捕まってしまったのだ。

途中で食材を買ったり、テントを立てたりで現在時刻は午前十一時。着いてすぐに食事にするつもりで朝ごはんを食べずにきたから、お腹はグーグー言っている。

まずはエネルギー補給、ということで、千晶は焚き火グリルを取り出した。

この焚き火グリルは折りたためばB６判サイズになる。持ち運びに便利で、先日実家で試した百均のミニコンロとは異なり、炭や薪も使える。

値段は三千円ほどしたけれど、ただ火を燃やしてぼんやり眺めることもできるし、グリルプレートが付いているのでバーベキューも楽しめる。火力調整も可能で価格に見合う価値がちゃんとある製品だった。

——もっと山の中なら、そこらに落ちてる木が使えて燃料代もいらないんだけど、さすがにここでは無理ね。

どんなことにもメリットとデメリットはある。そもそも、そこらの山に勝手に入ってキャンプができるわけでもない。キャンプ場によっては許される場所もあるだろうけれど、この近くにはなさそうだ。

なにより落ちている木はしめっていることが多く、火をつけるのが大変だし、煙が大量に発生する。サークルにいるときに生木の燃やし方は覚えたが、手間と費用を天秤《てんびん》にかけたら、手っ取り早く火がつき扱いやすい炭や薪に軍配を上げる。

とはいえ薪をこの焚き火グリルで使えるサイズに切るのも大変だ。ここはやっぱり炭……ということで、オガ炭を買ってきた。オガ炭は木材を加工するときに出るおがくずで作る炭で真ん中が空洞になっている。煙も少なく長時間安定して燃えるので、キャンプにも使いやすいと評判の炭だ。

ホームセンターで売っていたのは一番小さい箱でも六キロ入りで、ひとりで使うには多すぎる気がした。ホームセンターで売られている炭は火持ちが悪いという話も聞く。だがどうせ車で運ぶのだし、腐るものでもない。値段だって六キロで八百円しないぐらいだし、これより少ないものはない、と買ってしまった。これから何度となくキャンプには出かけるだろうし、たとえこれきり行かなかったとしても、焚き火グリルと一緒に保管しておけば災害対策にもなるはずだ。

——ま、これきりなんてあり得ないけどね！　さて、焚き火グリルは組み立てた。火を熾してごはんにしますか！

火を熾すとは言っても、着火ライターをポチッとやるだけだ。

最初にあれこれ揃えたとき、百均にもファイアスターターが売られていて、使ってみようかと思わないでもなかった。だが、千晶は一度か二度しかファイアスターターを使ったことがない。しかもアウトドアグッズ専門店で売られていたのを使ったにもかかわらず、うまくつけることができず、見かねた先輩が代わってくれたぐらいだ。百均のファイアスターターを使いこなせる気がしない。

今回はソロキャンプだ。火がつかなくて焦りまくるぐらいなら、着火ライターを使ったほうがいい、という判断に悔いはなかった。

カチリという音とともに、ライターの先に炎が点《とも》る。炭に近づけてしばらく待っていると、端っこから徐々に赤くなり無事に火が熾った。

火力が安定するのを待つ間に、クーラーバッグから食材を取り出す。

本日の昼ごはんはアヒージョだ。オリーブオイルで食材を煮込んで食べる料理だが、作り方はオリーブオイルを温めて刻んだ食材を入れるだけ。なんともお手軽だし、食材は肉でも魚でも野菜でもいい。今日なんて、袋詰めのミックスキノコとベーコンだけだ。

前もって食材を買っておければよかったのだが、天気予報は晴れだからと前日に買い物をした挙げ句、起きてみたら雨もしくは強風、ということが続いて、買い物をする気になれなかった。買い物をしなかった日に限って無風の晴天だなんて、と恨めしく思ったけれど、幸いキャンプ場の近くにスーパーもホームセンターもあったから問題はない。

とりあえず手間がかからないことを重視して、オリーブオイルとミックスキノコ、ベーコン、チューブのおろしニンニク、鷹《たか》の爪を買ってきた。ほかにもいろいろ買ったけれど、それは夕食に回すことにして料理にかかった。

まずはスキレットにオリーブオイルをたっぷり入れ、チューブのニンニクと鷹の爪を入れる。

ニンニクは生のほうが美味《おい》しいのはわかっているが、薄皮が剝《む》きづらいし、刻んだあとに手を洗いに行くのも面倒でチューブ、しかも残った場合の使い勝手を考えて、あえておろしタイプにしてしまった。

次回からは、生ニンニクを家で刻んで……って、絶対やらないよね、刻んで持ってくるぐらいならチューブのほうがフレッシュ感あるもん、なんて自分で自分に突っ込みをいれつつ、スキレットの中を窺《うかが》う。

オリーブオイルの中を輪切りにされた鷹の爪がゆっくり漂っている。本来なら刻みニンニクも一緒に漂っているはずだが、あいにく影も形もない。それでも、けっこう大量に入れたのだから味も香りもあるはずだと信じ、拍子木《ひょうしぎ》切りのベーコンを投入。もちろんこれも、あらかじめ刻まれたものを買ってきた。

昨今はベーコンやハムもいろいろな形態で売られている。いざとなればナイフなしでキャンプができるんではないだろうか、なんて思いながら、ミックスキノコも入れる。

ベーコンとキノコが焼ける匂いに混じってニンニクの香りが漂ってくる。

やっぱりいたか、姿形はまったく見えないのに君の存在感はすごいよ！なんて賞賛しつつ、大きめのマッシュルームにフォークを突き刺した。

植物性の穏やかな油が炭火に煽《あお》られ、ニンニクとベーコンに攻め込まれて荒ぶっている。そこにマッシュルームが割って入り、「まあまあみんな落ち着いて、大丈夫、ワタクシ『ローカロリー』ですので」なんて意味不明の言葉を吐く。

ある意味カオスなスキレットの中からキノコを拾い上げ、次々と口の中へ。ベーコンにはまだ手を付けない。なぜなら最終兵器、バゲットを持ってきているからだ。

もちろんバゲットはそのままでも、残ったオリーブオイルをしみこませただけでも美味しい。だが、薄切りにしたバゲットにほどよく煮込まれて脂身が減ったベーコンをのせて頬張る幸せといったらない。コツはあくまでもバゲットを薄く切ること。ベーコンを真ん中にして折りたためるぐらいが望ましい。

そのためになくてはならないのがよく切れるナイフなのだが、本日千晶が持参したのは、ナイフはナイフでもペティナイフだ。ナイフと言うよりも包丁の範疇《はんちゅう》だと千晶は思っているし、アウトドアよりも家庭の台所のほうが似合う。

だが、本当によく切れるナイフは百均やホームセンターではなかなか出会えない。アウトドアグッズ専門店にしても、栓抜きや缶切り、ハサミ、ドライバーなどが付いているといった多用性重視のものが目立つ。

いわゆる十徳ナイフというやつで、とても便利そうではあるが、千晶が持っていたところで実際に使うかどうか疑問だ。今は栓抜きや缶切りがいらない製品が増えているし、ドライバーなら工具セットが車に積んである。十徳ナイフでまともに使えるものは値段だって五千円ぐらいするし、お守りにしかならないナイフにそこまで資金を投入する余裕はなかったため、愛用のペティナイフを持ってきたのである。

このペティナイフは、ひとり暮らしを始めたときに実家からもらった。なんでも父が友人からお土産としてもらったものだそうで、ドイツの有名メーカーの製品らしい。確かに柄に入っているロゴはデパートでよく見るものだし、切れ味はさすがとしか言いようがない。肉でも魚でも野菜でもスパスパ切れるのだから、バゲットなんて楽勝。一口に頬張れる薄さに切って、オリーブオイルをまとったベーコンをのせる。

もう少し油の温度が低ければ、バゲットを鍋摑《なべつか》み代わりにベーコンを挟み取るのだが、火持ちのいい炭はまだまだ元気に燃えていて油は熱々、下手なことをして火傷をするのはまっぴらだった。

まず一枚、もぐもぐやって呑《の》み込む。少し考えて、次の一切れには塩をパラパラ、ついでに黒胡椒《くろこしょう》も振りかける。粉末のパセリも持ってくればよかったと後悔しながら、またもぐもぐ……

オリーブオイルを残すのはもったいないし、素材の味が移ったオリーブオイルは絶品だ。そんなこんなで、最後のオリーブオイルをバゲットで拭《ぬぐ》い取ったときには、バゲットの残りが半分以下になってしまっていた。

――やばい！　いくらお腹がペコペコだったからって食べ過ぎだ。これじゃあ、晩ごはんに足りなくなっちゃう……

気にするなら摂取カロリーだろ！と叱られそうだが、千晶は昔からキャンプにおける摂取カロリーはノーカウントと決めている。テントの設営にも料理にも、普段よりずっとエネルギーを使うのだから、多少カロリーを取ったところで問題はないはずだ。

『ワタクシ、ローカロリーですので』と主張するミックスキノコも、カロリー云々ではなく単に好きで火の通りが早いから買ってきただけだ。そもそもカロリーを気にするならオリーブオイルを拭いきったりしない。世の中にはペーパータオルという便利なものがあるのだから……

ともあれ、キャンプにおいて食材不足は大問題だ。今日は日帰りだからなんとでもなるが、泊まりだったら悲惨。うるさく鳴るお腹をなだめながら朝を待つことになってしまう。久しぶりのキャンプで勘が狂ってしまったが、今後はお腹のすき具合と食材の量をもっとよく考えよう。多すぎたところで足りないよりマシ、余ったら持って帰って家で使えばいいんだから……

ダイエットとは正反対の反省をしつつ、千晶はスキレットをグリルから下ろす。炭はいい感じの熾火《おきび》になっている。このまま夕食の支度をしておこう、ということで、クーラーバッグから肉と野菜を取り出した。

夕食はキャンプの定番、カレーだ。今のうちに煮込んで寝かせておけば、日が沈むころには味が馴染んでまろやかなカレーになるはずだ。

タマネギ、ニンジン、ジャガイモの皮を剝き、一口の大きさに切る。ニンジンは皮に栄養があるから剝かないほうがいいらしいが、キャンプではやっぱり剝いてしまう。理由は簡単、洗い場まで行って汚れを落とすのが面倒だから、に尽きる。

肉は牛肉、家ではカレー用の角切り肉もしくはバラ肉のかたまりを自分で切って使うけれど、本日は細切れにした。角切り肉は旨《うま》みがたっぷり、脂の多い部位を使うと独特の甘みを添えてくれるが、あまり少量パックで売られていない。その点、細切れは百グラム以下から一キロを超える量まであって買いやすいのだ。

まずは炒めて……とメスティンを取り出した千晶は、そこでふと考えた。

――炒めるならメスティンよりスキレットのほうがよくない？　バゲットがあるから、スープカレーっぽく作ろうと思ってたけど、残りのバゲットだけじゃ足りない気がする。それならスキレットでカレーを作って、メスティンでごはんを炊いちゃえばいいじゃん！

そもそもメスティンは飯盒《はんごう》の代わりに台頭したものだ。煮込みにも使えるとはいえ、まずはごはんを炊いてみたい。アヒージョとカレーに決めたのはスーパーの店頭でのことだ。なにを作るかはそのときの気分と、売られている食材次第だと思っていたので、米は持ってきている。カレーとごはんは王道、レッツ炊飯！だった。

いったん下ろしたスキレットを再びグリルにのせる。こんなことならオリーブオイルを残しておけばよかった。ベーコンとニンニク、キノコの旨みが加わって、さらにカレーが美味しくなっただろうに、と思ったところで後の祭りだった。

チューブのニンニクはまだ残っているから、あとで足すことにして、スキレットに新しいオリーブオイルを垂らす。ほどよく温まったのを確認し、タマネギを炒める。

おいおい、まずは肉だろう！と叱りにかかるのは短慮というものだ。

なんといってもスキレットは鉄製だ。家でシーズニング――空焼きと油塗布を繰り返し、野菜くずを炒めて油を染みこませてはきたものの、新品のスキレットはなかなか油と仲良くなってはくれない。フッ素加工のフライパンとは段違いの焦げ付きやすさで、よほど注意しないと細切れ肉はあっという間にスキレットと一体化してしまうのだ。

肉を炒めて焦げ付いたあとで野菜を加えると、スキレットの中はさらに大変なことになる。タマネギは甘みを引き出すためにじっくり炒めたいのに、焦げつこうとする肉に阻まれる。それぐらいなら先に炒めてしまったほうがいい。肉の旨みはあとで煮込むときにたっぷり含んでもらおう、というのが千晶の持論だ。

惜しむらくは、あまり賛同者がいないということだが、人は人だと割り切っている。

そもそも、学生時代におこなっていた大人数のキャンプでは、前もって炒めることすらせず、大鍋に湯を沸かして材料を一度に投げ入れるという乱暴な作り方だった。タマネギが先だろうが、肉が先だろうが、炒めるという作業がちゃんと入っているだけ上等だった。

タマネギが透き通るまでじっくり炒め、いよいよという感じで肉を入れる。スキレットにへばりつこうとする肉を阻みつつ色が変わるまで炒め、ニンジンを投入する。

ニンジンはスキレットの中で少し温まったぐらいで十分、ジャガイモについては炒めすらしない。ニンジンもジャガイモもかなり小さく切ってあるし、火を通しすぎると溶けてなくなってしまう。まろやかなカレーになる反面、食べ応えのないことこの上なしで、キャンプでは具が存在感を主張するカレーが食べたい千晶には不向きなのだ。

君らはあとでゆっくり火に当たってくれたまえ、などと唱えつつ、さっさと水を入れる。千晶のスキレットに入れられる水の量は、メスティンよりもずっと少ないけれど、朝まで残して二日目のカレーを楽しめるわけではない。一回分の食事ならこれで十分だろう。

しばらく煮込んだあとジャガイモを入れ、具材が柔らかくなったのを確認してルーを混ぜ込む。カレーはこれで出来上がり、あとはごはんを炊くだけだった。

――もう二時か……夕食の時間に合わせて炊くか、今すぐ炊くか、それが問題だ……

メスティンと時計を交互に見て、千晶はしばし考える。

どのみち火は夕方まで維持するつもりだから、好きなときに炊けばいいのだが、問題はカレーとごはんの温度だった。

夕食の時間に合わせて炊けば、カレーもごはんも熱々が食べられる。メスティンには保温機能はないから、先に炊けばごはんが冷めてしまう。ただ、冷めたごはんと熱々のカレーの組み合わせには侮れないものがある。むしろ冷めたことによって、米の甘みが際立つような気さえするのだ。

屋外とはいえ、今日の気温なら口の中が冷え切るような温度にはならない。熱々カレーと炊きたてごはんは真冬の楽しみ、とばかりに千晶はごはんを炊くことにした。

まずは米をメスティンに入れる。米は、ファスナー付きのビニール袋にきっちり一合計って入れてきたし、無洗米なので洗う必要もない。ただし、無洗米は普通の米に比べて密度が高く、一合あたりの重量が多くなるので、その分水もたくさんいる。パッケージにあった説明によると、一合あたりの重量の差は四グラム、水は無洗米のほうが大さじ一杯分ほど多く必要、とされていた。

もっとも千晶は、カレーや丼物の場合は、ごはんは水を控えて炊くことが多い。そうしておけば、ルーや具に含まれた汁気を吸ってちょうどよい固さになるからだ。メスティンに、炊飯するときの一般的な水の量である一合あたり二百ミリリットルを入れる。あとは火にかけて炊きあがるのを待つだけだった。

——なんだ、すごく簡単に炊けるじゃない……

メスティンの蓋を取って中を見た千晶は、ちょっと複雑な気分だった。

飯盒とメスティンの違いに少々戸惑いはしたものの、ごはんは無事に炊きあがった。無事に、というよりもほとんどなにもしなかったというのが正しいだろう。

近頃のアウトドア雑誌を覗《のぞ》くと、あっちにもこっちにもメスティンの写真が使われている。もはや、飯盒でごはんを炊いている人はいないのではないか？と思ってしまう。

飯盒と言われて千晶が思い出すのは、いわゆる兵式飯盒と呼ばれる空豆型のもので、複数の飯盒を一度に焚き火にかけたときに火の通りがいいように、あの形が考案されたそうだ。

千晶の学生時代は最低でも四人、時には十人以上でキャンプに行った。子ども会の指導となるとさらに大人数になる。

焚き火の上に飯盒を二、三個並べ、薪を大量に使って一度に炊きあげる、というのが、千晶の記憶にある炊飯風景なのだ。

けれど、今回はソロキャンプなのでごはんは一合で十分だ。もしかしたらそれでも食べきれないかもしれない、となると四合炊きの飯盒よりも普通サイズのメスティンのほうが相応しい。

などと理屈をこねているが、本当はこれまで使ったことがないメスティンを試してみたかっただけだ。

同じアルミ製とはいえ、黒く塗装された飯盒と異なり、メスティンはなんだか頼りない感じがする。長い取手がついているところも、フライパンと兼用できていいと評判ではあるが、黒塗り飯盒の頼もしさには敵《かな》わない。米でも肉でも野菜でも、ぐつぐつ煮込んで旨くしてやるぜ！という自信にあふれている気がする。そんな『飯盒信者』の千晶としては、端《はな》からメスティンの実力を疑っていたのである。

ところが疑心暗鬼で使ってみたメスティンは、なかなかの強者《つわもの》だった。なによりいいのは、飯盒炊さんのときのような火加減がいらない。カレーを煮たあと焚き火グリルにのせてそのまま放置しただけで、ちゃんとごはんが炊きあがった。

『始めちょろちょろ中ぱっぱ』という呪文めいた言葉を呟《つぶや》きながら、薪を足したり引いたりしなくてすむのは本当に楽だったし、炊きあがりも問題ない。むしろ、飯盒に比べて深さがない分、洗うときも楽だし、ひとりならそのまま食器としても使える。

昨今は、仲間同士で行ってもテントは別々、食事の支度も各々の道具でちんまり、というタイプのキャンプが増えてきたそうだ。

キャンプと言えば、みんなで大騒ぎをしながらごはんを作るもの、と思っていた千晶には少々寂しい話であるが、『自分の火を愛《め》でたい』という気持ちは十分理解できる。誰にも触らせず、自分のペースで火を育てるのは千晶にとってキャンプ最大の魅力だし、同じように考える人もいるだろう。メスティン台頭の陰には、そんな理由もあるのかもしれない。

キャンプも時代によってどんどん変わっていくのね、と思いながら、千晶は立ち上がる。これにて食事の支度はいったん終了、夕食まで一休みするつもりだった。

——おー……さすが有名ブランド製テント。作りがすごくしっかりしてる。今日は雲ひとつない晴天だし、風も全然吹いてないけど、これなら多少の雨風は余裕だなあ……

さて一休み、とテントに入った千晶は、若草色のテント地を指でつついてみる。素材は綿とポリエステルの混紡で、通気性には定評がある。

その上、天井近くに大きな窓が設けられているため、しっかり換気できるだけではなく開放感も抜群だ。しかも窓の部分はメッシュ生地なので虫が入り込むこともない。

通気性がいいということは雨も染みこみやすいのでは？と心配になるが、雨よけシートがしっかりしているので漏水の恐れもない。

もともとふたり用なのでひとりなら手も足も伸ばし放題だ。資金不足で寝袋は調達できなかったけれど、マットだけは持ってきた。これも百均で買ったものだが、折りたたみ式のアルミマットで厚さも五ミリあるから、寝袋と一緒に使えば問題ない。しかも今日は、泊まるわけではない。ただの昼寝なら、このマットだけで十分だろう。

——けっこういいじゃん、このマット！　恐るべし百均……って、これ五百円したんだけどね！

マットに寝そべったまま頭を軽く上げ下げし、感触を確かめる。家にあるベッドのマットレスほど快適ではないが、そもそも比べる対象が間違っている。アルミ素材は地面に体温を奪われるのを防いでくれるし、五ミリの厚さは多少のでこぼこなら、ないも同然にしてくれる。安さ目当てにぺらぺらの百円商品にしなくてよかった。あれではとてもじゃないが快適な寝心地にはならなかっただろう。

マットの寝心地に満足した千晶は、続いてリュックからランタンを取り出した。

外はまだ明るく、ランタンの明かりの強弱は確かめられない。そもそも乾電池式でサイズも小さく、光源としてはあてにできそうにない。それでも、テントの中でランタンを点す、という行為そのものを楽しみたくて持ってきてしまったのだ。

ねじ回し式のスイッチをひねると、パチリという音とともに明かりがついた。周りが暗くないにもかかわらず、はっきり『明るくなった』とわかる照度で、逆に不安になる。

これだけ明るいということは、その分電池の減りが早いということだ。泊まりのときでも一晩中つけっ放しにするつもりはないが、予備の電池を持っていたほうがいいかもしれない。

それに、いくら明るくても電池式は電池式だ。つけるのも消すのもスイッチひとつ、手入れも簡単かつ火事の心配もないにしても、やはりキャンプの夜には、ゆらゆらと揺れるオイルランタンの炎があってほしい。

なんでも試してみるって必要だな、と思いつつ、意外に強者だったランタンを消す。テントは言うことなし、焚き火グリルもメスティンもマットもランタンも十分な性能だとわかった。あとは夕食を済ませ、後片付けして帰るだけだった。

午後四時半、炭が燃え尽きた。焚き火グリルには真っ白な灰だけが残っている。ごはんを炊き上げたあとは炭を足さず、完全燃焼を狙ったが、さすがはオガ炭、中々消えずにはらはらした。

キャンプにおける火の始末は案外面倒だ。

昔は炭を地中に埋める、などという乱暴な処理をしていたそうだが、直火《じかび》での焚き火同様、火が消えきっておらずに火事になる、あるいはあとから来た人が埋めた上を裸足で歩いて火傷をする、などの理由から、今は厳禁とされている。

手っ取り早いのは水が入ったバケツか火消し壺《つぼ》に入れて消火することで、千晶もいちおう火消し壺の用意はしている。けれどサイズが小さいので一度に大量の炭は入れられないし、鎮火しきったかどうかの見極めも難しい。消えたと思って捨てたら、再燃して火事になったなんてしゃれにならない話だ。

それぐらいなら灰になるまで見守ったほうがいい。幸いこのキャンプ場には炭捨て場もあるし、燃え切るのを待つ時間もある。灰になるまでしっかり燃やしてから捨てて帰るのが一番だった。

灰だけなら小さい火消し壺でも十分納まる。とりあえず灰を移し、焚き火グリルをきれいにする。灰は帰る間際に捨てに行くことにしてカレーが入ったスキレットをコンロにのせる。焚き火は堪能したし、温めなおすだけなら固形燃料で十分だろう。味気なさは否めないにしても、扱いも始末も簡単な固形燃料は、やはり便利だし、広く使われているのも頷ける。

炭、薪、ガスバーナー、固形燃料……キャンプで使う火の種類は多々あるが、状況に応じて使い分けるのがアウトドアの達人というものだろう。

ごはんはカレーにぴったりの固さに炊きあがったし、ほどよく冷めてもいる。カレーをメスティンのごはんにかけるか、ごはんをスキレットに突っ込むか少し迷う。

一合のごはんが食べ切れるかどうかわからない。ごはんとカレーを一緒にして、食べきれなかったら始末に困る……ということで、どっちをどっちに入れるか問題は、先送りにして、バゲットを片付けることにした。

バゲットなんて昼にも食べたのだから、こっちを持って帰ったほうがいい。余ったときに始末に困るのはごはんのほうだろう、と言われるかもしれない。だが、このバゲットはものすごく美味しかった。

その証拠に、昼食終了時点で半分残っていたバゲットが、今では四分の一ほどになっている。カレーを作ったり、ごはんを炊いたりしている間に小腹が空《す》いて、おやつ代わりに食べてしまったのだ。

コーヒーを飲もうとしたのがよくなかったのかもしれない。どうせならなにか一緒に、とつい思ってしまった。誘惑に耐えられず、スライスしたバゲットをメスティンの脇にのせた。しかも二切れ、バターもしっかり塗り込んだ。

さらに、溶けたバターの上から一枚には塩少々を、もう一枚にはコーヒー用に持ってきたグラニュー糖を盛大に振りかけてしまった。甘さとしょっぱさの両方を楽しめて大満足したまではよかったが、あまりの食欲に、私の胃袋にはブラックホールでもあるのではないか、と首を傾《かし》げる結果となったのである。

——や、やっぱり外にいるとお腹が減るんだよね！　こんな私が、食の細い女性やお年寄り用のメニューを開発しようとしているのはおかしいのかもしれないけど、それはそれ！　たくさん食べられるのは健康の証《あかし》！

あくまでも前向き、かつ自己肯定感たっぷりに残っていたバゲットを大胆にちぎる。ペティナイフを使わなかったのは、手でちぎると断面がでこぼこになって、カレーがたっぷり染みこむからだ。バゲットを軽く炙《あぶ》ればさらに美味しいのだが、火はもう消えてしまったし、固形燃料の火はトースト向きではない。

諦めてそのままカレーに浸したバゲットは、アヒージョともトーストとも違う味わいで、小学校の給食を思い出させる。カレー、シチュー、スープ……いろいろなものにコッペパンを浸して食べた。浸すだけではなく、焼きそばやスパゲティを挟むこともあった。このバゲットはものすごく美味しいけれど、給食におけるコッペパンの万能さには勝てないなあ、なんて考えているうちに、バゲットはなくなってしまった。

さすがにお腹は半分近くいっぱいになっている。それでも半分なのか、と苦笑しつつ、ごはんの三分の二ぐらいをスキレットに移す。残りはメスティンに入れたまま持って帰ってもいいし、ラップフィルムを使っておにぎりにしてもいい。

現在時刻は午後四時半、かなり早い夕食になるので、寝る前にお腹がすくに違いない。おにぎりはちょうどいい夜食となるだろう。

朝は抜いたにしても、昼とおやつと夕食、夜食……底なしの食欲だと自分でも呆《あき》れてしまう。それもこれも久しぶりのキャンプの楽しさゆえ、ということにして、熱々カレーと冷めたごはんを一緒にスプーンで掬《すく》う。

――うん、これはまさしく『キャンプの』二日目のカレー！

カレーの味そのものは、いささか深みが足りない。味の濃い薄いではなく深み、冷却と加熱を繰り返すことによって生まれる食材の一体感に欠けている。

けれど、ごそごそとテントから這《は》い出し、寝ぼけ眼でつけた火でカレーを温め、冷え切ったごはんをカレーの熱でごまかしながら食べる――そのシチュエーションがそっくりなのだ。

千晶が思うに、熱々のカレーに熱々のごはんはキャンプには上等すぎる。第一、ソロキャンプでごはんとカレーを同時に仕上げられるなんて、かなりの熟練者だけだ。たとえ火加減無用のメスティンを使うにしても、カレーを作る鍋とメスティンを同時にかけられる大きなグリルか、複数のコンロが必要になる。いずれにしても、千晶には無理な話だった。

二日目のカレーには及ばないまでも、一旦火から下ろして温め直したカレーはそれなりに美味しかった。おそらく、隠し味に入れたインスタントコーヒーがいい仕事をしてくれたのだろう。

千晶にとって、キャンプで飲むコーヒーは楽しみのひとつだ。本格的なドリップ、あるいはサイフォン式のコーヒーに憧れないわけではなかったが、久しぶりのキャンプ、しかもデイキャンプでそこまでは求めすぎだろう。なにより、アウトドア用のコーヒー器具だってまだ買えていない。

本格的なコーヒーはまたいつか、ということにしてインスタントコーヒーを持ってきたのだが、それが幸いした。インスタントだからこそ、そのままカレーに入れられる。豆から挽《ひ》いたコーヒーにはできない芸当だった。

カレーを堪能し、濡らしたペーパータオルでスキレットを拭う。泊まりのキャンプなら しっかり洗わなければならないが、本日はこのあとすぐに帰宅する。かなり念入りにシーズニングしたつもりだったのに、いざ使ってみると少し焦げ付いたから、再処理をかねて家でゆっくりやればいい。

メスティンも同様で、おにぎりを断念して、そのまま蓋をしてタオルでくるんで持ち帰る。そうすることで後片付けの時間が半分以下になる。

時計の針は午後五時ちょうど、このキャンプ場におけるデイキャンプの退去時刻まで残り一時間となった。本当はこのまま帰ったほうがいいことぐらいわかっている。それでも、もっと焚き火を楽しみたい、という思いが捨てきれない。

確かに来た早々焚き火をした。だが、それはあくまでも料理のためで、ただ眺めていたわけではない。ぼんやり焚き火を眺めていたい、という欲求が満たされていないのだ。

この際、十分でもいい。小さな焚き火ならすぐに燃え尽きるから、退去時刻までに始末できるはずだ。

経験に基づいた確信の下、千晶は細い小枝を選んで焚き火グリルに組み上げる。グリルの長辺と平行にまず一本、その上にハの字を描くように何本か置く。ゆっくり火を育てて楽しむだけの時間はないから、ぱっと燃えてすぐに消えるように小さく高く積み上げた。

一番下の隙間にほぐした麻紐《あさひも》を入れ、着火ライターで火をつける。トウモロコシの毛のような麻紐が一気に燃え上がり、小枝に火を移していく。雨続きだったから拾った小枝は湿気《しけ》っているのではないかと不安だったが、難なく燃え上がった。おそらく、炭が消えるのを待つ間に火の近くで乾かしておいたお陰だろう。

小さな炎をしばし眺める。焚き火とも言えないサイズだけれど、炭とも固形燃料とも違う炎は、メラメラと天を目指す。小さいながらもパチパチという音も聞こえる。原始から人間の暮らしを支えてきたシンプルな炎は、明日への活力をくれる気がする。

いつまでも眺めていたいという気持ちをよそに、焚き火はあっという間に燃え尽きた。そのように組み上げたのだから当然だ。

これにて本日の予定は全て終了、あとは片付けて帰宅するだけだった。

五月の午後五時半はまだまだ明るい。気温も下がっておらず、テントにも結露はなかった。それでも帰ったら一度干さなければ、と思いながらタオルで泥と草をはたき落とし、収納バッグに戻す。焚き火グリルが冷えるのを待って灰を掻《か》き出し、調理用具や簡易椅子、小さな折りたたみテーブルなどと一緒にリュックサックに収める。

最後に、目を皿のようにして地面を確認――『余計なものは持ち込まない、持ち込んだものは全て持ち帰る』は、学生時代にたたき込まれたアウトドア活動の基本だった。

――撤収完了！　さて、帰るとしますか。

リュックとテントを担いで、デイキャンプ用の広場をあとにする。

テントサイトに車を横付けできるキャンプ場は便利だけれど、千晶の場合、視界に車が入ると大自然の中にいるという感覚が薄れがちだ。山に分け入って延々歩くのは勘弁して欲しいが、これぐらいの距離ならむしろ望ましい。

芝生が敷き詰められたデイキャンプ場は、空が広くて開放感もたっぷり。必要な設備は整っているし、隣接している泊まり用のテントサイトもいい感じだった。

一度泊まりで来てみて問題がなければ、ここを定宿にしてもいい。キャンプで定宿という考え方はおかしいのかもしれないが、千晶のキャンプの目的は調理と焚き火を眺めることに尽きる。

車の運転だって、首都高速は勘弁して、という程度の腕だし、キャンプ場は交通が不便な場所にあることが多い。山の中の細い、しかも全然知らない道を走るのは恐すぎる。それぐらいなら、勝手知ったるキャンプ場で、ぼんやり焚き火を眺めて過ごしたい。

家からそれほど遠くなく、施設も整っている。周囲に買い物ができる場所もあり、いざとなったら道具までレンタルできる——そんな場所をひとつ知っていれば、キャンプ生活は俄然楽しくなる。楽しい休日を過ごせれば、仕事にだって励めるというものだ。

久しぶりのデイキャンプは大成功だった。百均で買ったキャンプ道具でも十分使えるものもあるし、多少値が張るにしてもアウトドア専門ブランド品を買ったほうがいいものもあるとわかった。

次は泊まりで来てみたい。その前に、寝袋を手に入れよう。できればオイルランタンと焚き火台も欲しい。焚き火グリルは便利だけれど、小鍋をふたつのせるのがやっとだ。もう少し大きめの焚き火台があれば光源にもなるし、料理の幅も広がる。焚き火そのものの楽しみも大きくなるに違いない。

テントを譲ってもらえたお陰で資金に少し余裕ができた。焚き火台とオイルランタンなら十分買えるはずだ。それでも余ればコットと呼ばれる簡易寝台も買おう。

コットの組み立てには力がいるので、女性には難しいと聞いたことがある。だが、千晶はかなりの力持ちだし、キャンパーが全員筋骨隆々とは限らない。ひとつやふたつは非力でもなんとかなるものがあるはずだ。

コットはでこぼこの地面の寝づらさも、夜半の冷え込みも防いでくれるし、ロータイプを選べば荷物置きにもベンチにも使える。五百円のマットは優れものだったが、やはりコットがあるに越したことはない。しっかり調べて手に入れよう。

落ちていく太陽を確かめつつ、千晶は駐車場に続く道を歩く。頭の中は次に購入すべきキャンプ用品と泊まりがけのキャンプでいっぱいだった。

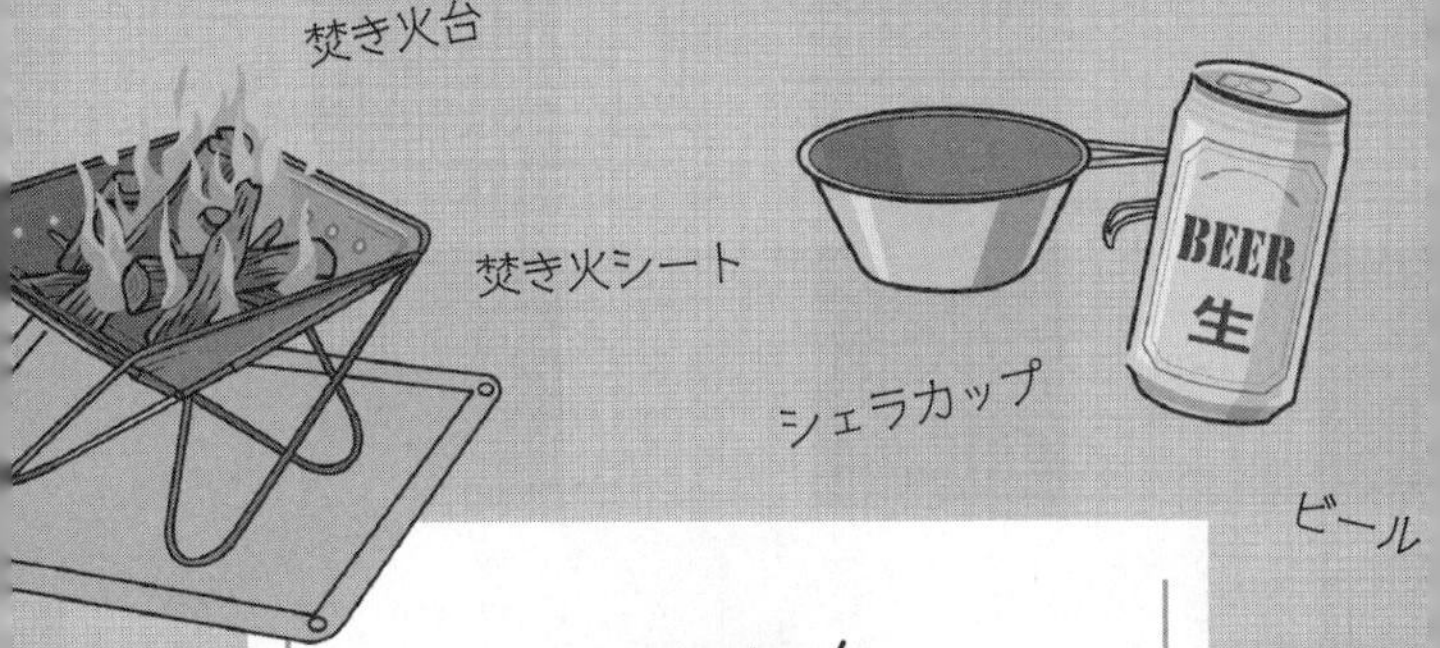

Solo Camping!

第三話

取り戻した楽しみ

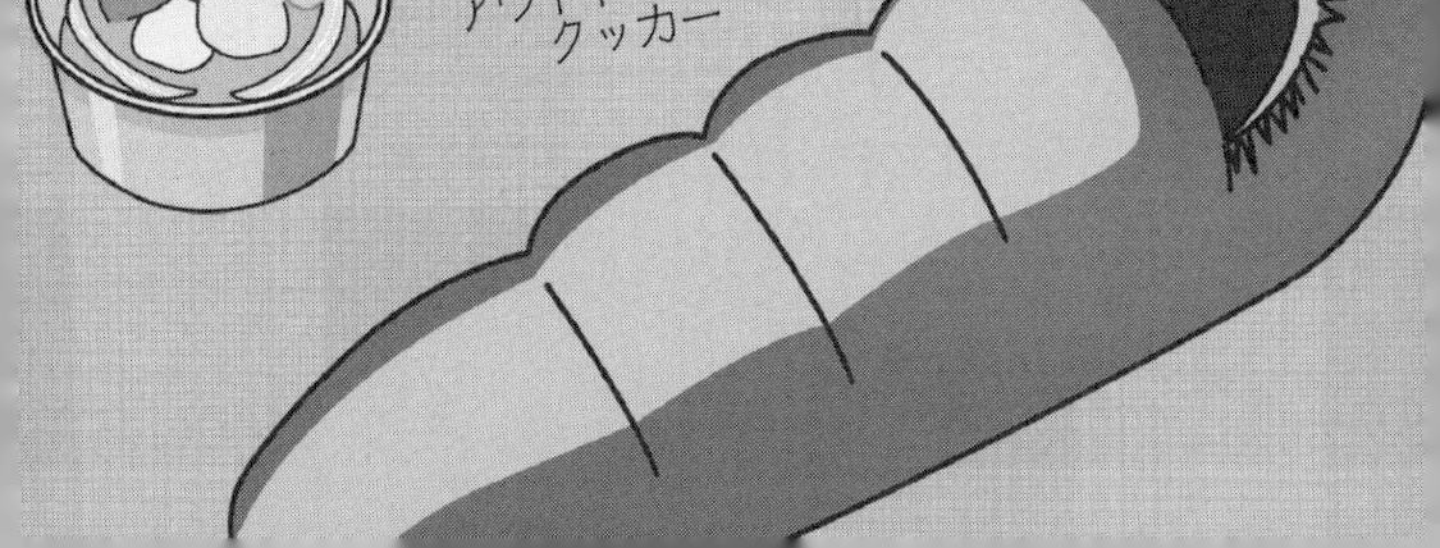

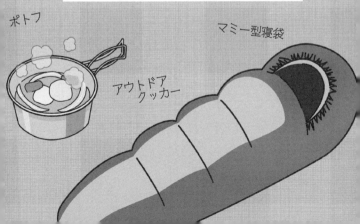

「榊原さんって、ご旅行とかされるんですか？」

花恵が興味津々といった様子で声をかけてきたのは五月最終週の木曜日、あと十分で昼休みが終わるというときのことだった。

今週は、極めて平穏に過ぎつつある。珍しくと言っては失礼なのかもしれないが、花恵はなんの失敗もせず、無事に週末を迎えられそうだ。その前の週も大きなミスはなかったし、十日以上誰からも叱られずにいたおかげで、世間話をする余裕が生まれたのだろう。

「え……あー、うんまあ、たまにはね……」

曖昧に答えて、パソコンのスリープモードを解除する。

同じ職場で働いている以上、仕事の質問にはなんでも答えるし、私生活に関わることであっても困っていることがあれば助けてあげたいとは思っている。けれど、千晶自身のプライバシーに踏み込まれるのは嫌だ。休日の過ごし方まで告げる必要はないだろう、と仕事にかかろうとしたのである。

ところが、花恵は質問を引っ込めるつもりはないらしく、さらに訊《たず》ねる。

「やっぱりご旅行されるんですね！　どんなところに行かれるんですか？」

「どんなところって……普通よ」

アラサー女性がテントやコンロをしょって山に分け入り、ひとりで煮炊きするのが普通かといわれると疑問ではある。だが、そういう人がまったくいないかと言えば、そうでもない。近頃はキャンプが流行《はや》っているし、女性のキャンパーも増えている。ソロキャンパーに限って言えば、自由になる時間とお金を持っている二十代から三十代にかけて、が主流のような気がする。

とはいえ、それも花恵に知らせるべき情報とは思えない。もういっそ、温泉巡りが趣味、とでも言ってしまおうか。もともと温泉は嫌いではないし、趣味は趣味だが実行できていないだけ、あるいは心の中ででも『今後の』という言葉をくっつけておけば、嘘《うそ》にはならないはずだ。

千晶がそんなことを考えつつ、口を開こうとしたとき、勢いよくドアが開いて鷹野が入ってきた。

「榊原さん、デイキャンプに行ったんだって？」

「はい、って今ごろ？　ご存じなかったんですか？」

日曜日にテントが到着したとき、すぐに鷹野にお礼のメッセージを送った。それとは別に、里咲にも直接伝えたほうがいいと考えてSNSを使って連絡した。その際、出番はありそうかと訊ねられ、次の日曜日にデイキャンプに行くつもりだと答えた。とっくに鷹野に伝わっていると思っていたが、どうやらそうではなかったらしい。

「ついさっき、嫁さんとメッセージのやり取りしててわかった」

「なんでメッセージ？　週末はおうちにいらっしゃらなかったんですか？」

「俺はいたけど、嫁さんが残業で帰ってきたのが遅かったんだ。相当疲れたらしくて、飯もそこそこにバタンキューだった」

そういえば里咲は今も販売職だ。週末の午後は客も多いし、パートかアルバイトが急に休んだら社員が残業してフォローしなければならなくなる。新婚ではないのだから、夫婦間のコミュニケーションよりも休養を優先するのは当然だろう。朝は朝で忙しく、今日まで話をしている暇はなかったに違いない。

「昼休みに奥様とメッセージのやり取りなんて素敵ですね」

「冷やかすなよ。で、俺が、テントを譲ったのはいいが、こう雨ばっかりだと気の毒だ、いつになったら使えるやら……って言ったら、もう使ったはずよ、って……」

「そうなんです。先週の日曜日は珍しく晴れてたから、日帰りならなんとかなるかなって」

「これを逃してなるものか、って感じか」

「はい。あのテントなら多少の雨は余裕。逃げ込む先があるなら平気だって強行しちゃいました」

「なるほどね。でもまあ、それなりに使えたみたいだね」

「それなりどころか、完璧ですよ。さすがブランド品、さすが鷹野主任って感じです」

「よかった、よかった」

「あのー……」

花恵の声で我に返った。

踏み込まれたくないと思っていたのに、これではプライベート情報をさらけ出したようなものだ。花恵ではなくても、今のやり取りを聞けば千晶がキャンプに行ったことぐらいわかるだろう。

案の定、信じられないものを見るような目で訊ねてくる。

「榊原さん、アウトドア派なんですか？」

「アウトドアって言うか、キャンプが好きなんだよね」

「ちょっと意外です」

「意外……かな？」

「キャンプって、外でお料理するんですよね？　食材や調味料だって計れないし、持って行ける種類だって限られるじゃないですか。榊原さんってちゃんとしてらっしゃるから、そういうの嫌なんだと思ってました」

そこで鷹野が盛大に噴き出した。もともと笑い上戸気味だから、花恵の勘違いに堪《こら》えきれなくなったのだろう。

学生時代の千晶は、ギアの扱いこそちゃんとしていたが、料理そのものはとんでもなく適当だったし、今もその傾向は強い。普段から料理に慣れていることが裏目に出ているのかもしれない。

カレールーを忘れた？　それなら、醤油《しょうゆ》とみりんをぶち込んで肉じゃがにしてしまえ。みりんもない？　もうコーラでいいじゃん――なんて乱暴なことをやっていたのだ。コーラと醤油だけで手羽先を煮るレシピがあるのだから、肉じゃがだってなんとかなると思ったのだが、仲間からは驚愕《きょうがく》の眼差《まなざ》しを向けられた。

そんな逸話も里咲に語った覚えがあるから、鷹野も聞き及んでいるのだろう。

「私、あれこれ細かそうに見えるかもしれないけど、料理はかなりいい加減なのよ。ひとつふたつ足りないものがあっても平気だし、食材の量だってちょっと残すぐらいなら入れちゃえーって」

千晶の言葉に、鷹野も加勢する。

「旨《うま》いものを作れる人ってだいたいそんな感じだよね。適当にやってるように見えて、出来上がってみたら絶品、みたいな」

「どうなんでしょう……まずくて食べられなかったって経験はありませんけど、単に私が馬鹿舌なだけかも」

「俺が知る限り、榊原さんが馬鹿舌ってことはないと思うよ。まあ、一口にキャンプ料理って言ってもいろいろあるし、ひとりなら失敗したところで……」

「ひとり？　榊原さんは、ひとりでキャンプに行ってるってことですか？」

花恵に詰め寄られ、千晶は辟易《へきえき》しながら答える。

「だめかな……けっこうブームなんだけど……」

「信じられない……危ないじゃないですか！」

おおっと……と千晶はのけぞりそうになる。

確かに、若い女性がひとり旅なんて、と眉を顰《ひそ》められた時代もあったかもしれない。きっと今もその傾向は強い。ましてやキャンプである。人里離れた場所にひとりきり、なにかあったらどうするのだ、と心配する人も多いだろう。だが、それはあくまでも千晶の親以上の世代のことだし、今時、性別に関係なく危険はどこにでもある。で、千晶よりずっと若い花恵が、そんなことを言うなんて考えもしなかったのだ。

「野々村さん、意外と保守的なんだね」

「保守的とかそういうんじゃなくて、本当に危ないでしょ？　それにひとりでってことは、なにからなにまで自分でやらなきゃならないってことですよね。おしゃべりする相手だっていないし……それって楽しいんですか？」

楽しいから行くんだよ！と大声で返したくなる。なにからなにまで自分でやるからこそ、ひとりきりの時間に浸れるからこそ、わざわざ出かけるのだ。

花恵のように考える人は多いのかもしれないが、余計なお世話もいいところだった。

鷹野が見かねたように言う。

「なにを楽しいと思うかは人それぞれだし、ちゃんとしたキャンプ場を使えば危険ってこともないんじゃないかな」

「それはそうでしょうけど……テーマパークとかリゾートホテルのほうが楽しいと思いますよ。あ、なんなら私がご一緒しましょうか？」

もしかしてこの子は、私が一緒に旅行をする友だちもいないと思っているのかもしれない。だからひとりでキャンプに行くのだと……

ひどい勘違いもあったものだ、と呆《あき》れてしまうが、そんな千晶の様子にまったく気づかず花恵は話し続ける。

「絶対そのほうがいいです。あ、そうだ！　七月に連休がありますよね。私もまだ予定を決めてませんし、一緒にどこかに行きませんか？」

「ごめんね、七月の連休は実家に行かなきゃならないのよ」

もちろん嘘だ。天候不良でキャンプは無理、となれば行くかもしれないが、行かなければならないわけではない。そもそも千晶はかなり頻繁に実家に出入りしている。冠婚葬祭でもない限り、この日でなければ、なんてことにはならないのだ。

ところが、信じてもらえる確率は半々だなと思いながら発した言葉に、花恵はあっさり頷《うなず》いた。

「あーそうなんですか……じゃあ仕方ないですね」

花恵は少々思い込みが激しいものの、基本的には素直な性格である。千晶の言葉を丸ごと信じてくれたようだ。

それにしても、職場の先輩、しかも教育係を務める千晶を旅行に誘うなんてなかなかの強者だ。失敗しておろおろしている姿からは想像できないが、それは単に失敗に慣れていないせいで、根本的には肝が据わった子なのかもしれない。

それを裏付けるように、花恵が言う。

「じゃあ、お盆休みとかはどうですか？　今ならまだホテルとかも空いてると思いますし」

「えー……お盆ってすごく混むし、ホテルも高いじゃない」

「そんなこと言ってたら旅行なんてできませんよ。売場と違って、私たちのお休みって基本的にはカレンダーどおりなんですから」

「それはそうなんだけどね……」

そこで千晶は、困り果てて鷹野に目をやる。

おそらく眼差しに、なんでこの子の前でキャンプの話なんて持ち出したんだ、という気持ちがこもっていたのだろう。鷹野はひどく申し訳なさそうに千晶を見たあと、花恵に向き直って言った。

「ほら、もう昼休みは終わりだよ。旅行の話はまた今度にして、仕事にかかって」

「はーい。でも榊原さん、いつかきっと、ご一緒しましょうね！」

休みの日までこの子の面倒を見るのは勘弁してもらいたい。なにより、キャンプの目的は自由気ままな時間を楽しむことにあるのだ。

そのいつか、永遠に来ないでくれ！と祈るばかりだった。

その日の昼休み、馴染《なじ》みの定食屋に入ろうとした千晶は反対側から来た人と勢いよくぶつかった。どうやらお互いによそ見をしていたらしい。

「あ、ごめんなさい！」

慌てて謝ったものの、顔を見て驚いた。以前、同じ店舗の紳士服売場で働いていた男の子だったからだ。

社会に出て立派に働いている人を『男の子』と表現するのは失礼極まりないとわかっ

ていても、ついつい言いたくなる。それほど彼の風貌は若々しかったし、二年ほど会っていなかったにもかかわらず、なんの変化も見られなかった。

初めて会ったのは四年前、彼が千晶のいた売場になにかの連絡をしに来たときだったが、そのときも千晶はかなり驚いた。アルバイトの子だとばかり思っていたのに、左胸のフラワーホールにしっかり社員証がつけられていたからだ。

同僚から聞いたところ、彼はれっきとした社員、しかも二十四歳だという。二十四歳で高校生にしか見えない。目はぱっちりとあどけなく、唇もつやつや、肌もすべすべ……当時二十五歳で目尻に皺《しわ》が出来はじめていた千晶としては羨ましい限りだった。あまりの羨ましさに、なにか特別な手入れでもしているの？と訊ねたのがきっかけで、言葉を交わすようになった。

転属したあとは話すこともなくなったが、それまでは同年代の飲み会などで親しく話していた相手だった。

「え、嵯峨《さが》君……？」

「榊原さん！」

「こんなところで会うなんて奇遇だね。ごはんはこれから？」

「はい」

「じゃ、一緒に食べようか」

そんなで一緒に店に入ったふたりは、店の隅っこのテーブルに案内された。

注文を済ませ、水を一口飲むなり嵯峨が話しかけてくる。

「それにしても久しぶりですね」

「ほんとだね。今日はどうしてここに？」

「研修……って言っていいのかな。売場のレイアウトとか装飾を見て回ってるんです」

「へえ、それはお疲れ様。やっぱり紳士服売場？」

「はい。でも見に来たのは服地やボタンの並べ方や商談ブースの作り方です。実は俺、去年からイージーオーダースーツ担当になったんですよ」

「マジ⁉ やったじゃない！」

思わず声が高くなったのは、長らく彼がイージーオーダー担当になりたがっているのを知っていたからだ。入社したときに紳士服売場に配属されたものの、カジュアルウェアだったり鞄《かばん》やベルトといった小物類の担当だったりと、なかなか望みが叶《かな》わなかった。

千晶が売場を離れた春に、ようやくスーツ担当になったが、イージーオーダーを任せてもらえるにはまだまだ時間がかかりそうだと言っていた記憶がある。

その嵯峨がイージーオーダースーツの担当になったと聞かされたら、喜ばずにはいられなかった。

「念願のイージーオーダーかあ……本当によかったね！」

千晶の言葉に、嵯峨は軽く頷いた。けれど、表情にどこか浮かないものがある。同僚とうまくいっていないのだろうか、と思っていると、彼はため息まじりに言った。

「もっと老け顔だったらよかったのに」

「どういうこと？」

「俺、未だに学生バイトに見られるんです。もう二十八だってのに……」

嵯峨は、お客さんが自分のところに来てくれない、売場に立っていても声をかけられない、と嘆く。

既成のスーツ、いわゆる『吊《つ》るし』と異なり、イージーオーダースーツは採寸から始まって、生地選び、パンツの裾上げの仕様、上着の切り込みを入れる場所、などなど接客なしに成り立たない。それなのに、客は彼ではなく同僚にばかり声をかけるらしい。しかも、売場長である四十代の先輩ならまだしも、二歳年下の後輩と並んで立っていても、後輩が呼ばれてしまう。後輩は今年紳士服売場に配属されたばかりで、イージーオーダーどころか、スーツについて学び始めたばかりだ。商品知識も接客も、後輩より自分が劣るとは思えないだけに、辛《つら》くて悔しくてやりきれない、と彼は唇を噛《か》んだ。

「どうにか年上……せめて年相応に見える方法はありませんかねえ……」

いや、それは君の専門なんじゃ……と返したくなった。

人の印象は、服装や持ち物でずいぶん変わる。服飾や衣料担当者は、そういった知識もしっかり身につけているはずだ。けれど、それでなんとかなるようなら、彼はこんなふうに嘆いたりはしない。

現在彼が着ているのは、上着の丈は少し長め、両サイドに切り込みが入り、パンツの裾はシングル、色は落ち着いたブラウンというスリーピーススーツだ。

今の若者が好むスリムタイプでもなく、全体的に英国調の落ち着いて優雅な感じのするスーツで、おそらくイージーオーダー、もしかしたらフルオーダーの可能性もある。なんとか年齢相応に見せようと張り込んだのかもしれない。インナーは真っ白のワイシャツでネクタイは赤、中年男性が好みそうな組み合わせだった。

にもかかわらず、客は自分のところに来てくれない。それどころか、自分しか売場にいないと知ると、また来るわ、と帰っていく。まさに万策尽きたというところだろう。

嵯峨はやるせなさそうに言う。

「外見についてできそうなことは全部やりました。もう髪をがちがちに固めてオールバックにしてやろうかとまで……でも、それやったところで、売れないホストみたいになるだけだし……」

「うーん……そうかもしれないねえ……いっそ配置転換とか……」

売れないかどうかはわからない。案外、年上の女性に人気が出そうな気もする。

まあ、ホストは論外にしても、売場を変えてもらうという手はあるだろう。とにかく一度はやってみた。とりあえず長年の夢は叶えたのだから、諦めもつくのではないか……。

そう思って言いかけた言葉に、嵯峨はあっさり首を横に振った。

「それはいやです。前の売場長から異動を聞かされたときは、飛び上がって喜びました。他の人はどう思ってるかはわかりませんが、俺の中では、イージーオーダーは紳士服のエースでしたから」

「そう……まあ、そうだよね」

「童顔って、どうにもならないもんでしょうかね……」

うつむいて呟《つぶや》く嵯峨は、叱られた子どもみたいでさらに若々しく見える。いちいち仕草がかわいいのよ、なんて言ったところでなんの解決にもならない。女性なら化粧で印象を変えることも可能かもしれないが、イージーオーダー担当の男性ではそれも難しい。

どうしたものかと思っていると、嵯峨はいきなり目をごしごしと擦《こす》り始めた。ためらいのない擦り方を見ていた千晶は、そこではっとした。彼はきっと、コンタクトレンズなんて使っていない……。

「嵯峨君、目は悪くないよね？」

「目？　視力なら、昔から一・二以下になったことはありません。俺、目まで子どものころのままなんです……」

「ってことは眼鏡をかけたこともない？」

「もちろん。目が悪くなければ視力矯正は必要ありませんから」

「眼鏡は男女を問わず、印象を変える手段のひとつだよね。黒とか濃い茶色とかのベーシックな色合いで、角張ったフレーム眼鏡を使えば、落ち着いた雰囲気にならない？」

「確かに……でもそれって田舎の親父《おやじ》が使ってる眼鏡そのものなんです。もともと似た顔立ちで周りからも、最近ますます似てきたって言われてます。それが嫌で、スーツや持ち物も親父が使いそうにないものを選んでるほどなんですよ。だから……」

嵯峨によると、彼の父親も童顔で背丈も身体つきもよく似ているらしい。唯一の違いは眼鏡をかけているかいないかで、嵯峨としては、たとえ将来視力が落ちたとしても眼鏡ではなくコンタクトレンズを使おうと思っているそうだ。

親子なのだから似るのは当たり前だ。それをここまで嫌がるのには、なにか理由があるのではないか。それがわかれば解決の道も見つけられそうだ。

「お父さんってどんな方なの？」

「どんなって……わりと普通ですよ。真面目で頑固で、なんていうか典型的な昭和の親父、って感じです」

「お仕事は？」

「仕立屋です」

「お店をやってるの？」

「はい。父の祖父から三代続きの仕立屋で、腕もすごくいいです。実は今着ているスーツも親父が仕立ててくれました」

道理で、と納得してしまった。彼の着ているスーツは、彼の身体にぴったり合っているし、生地も『ＩＴＳＵＫＩ』の紳士服部門で扱っているものよりずっと上等に見えた。もしかしたらフルオーダーかもしれない、と思ったのはそのせいだったが、まさか父親に作ってもらったとは思わなかった。

「そっか。代々の仕立屋さんかあ……それなら……」

「どうして継がなかったのか、ですか？」

スーツなんて見たくもないと言うならまだしも、嵯峨は以前、スーツを着るのも売るのも好きだと言っていた。早くスーツ担当になりたいと……

それならばなぜ、というのは当然の疑問だし、これまでも同じことを散々聞かれてきたのだろう。

「俺は継ぐつもりでした。いずれは服飾関係の専門学校に進んで、親父みたいな仕立屋になろうって……。でも、止められました」

「お父さんに？」

「親父とおふくろの両方に」

『吊るし』のスーツは一着一万円しないものから、十数万円のものまで揃《そろ》っている。イージーオーダースーツですら、パターンは多種多様で、出来上がりまでの時間もずいぶん短くなり、通常二週間前後、最短一週間で出来上がるものもある。

フルオーダーほど身体にぴったりということはないにしても、イージーオーダーで十分という人が増える一方だ。この先、町の仕立屋でスーツを作る人はどんどん減っていく。生業として成り立たない、と嵯峨の両親は口を揃えたそうだ。

「止められちゃったのか……それは残念だったね」

「今更それはないだろ、ですよ。俺は子どものころからずっと、親父みたいな仕立屋になりたいって思ってたのに」

「ご両親は、嵯峨君が跡を継ぎたがってることを知らなかったの？」

「知ってると思ってました。でも、ただの子どもの戯《ざ》れ言《ごと》だと思ってたみたいです」

「子どもの戯れ言……」

「はい。俺が最初に仕立屋になりたいって言ったのは、幼稚園のころでした。そのあと、小学校二年生のときに『家族の仕事を調べる』って課題があって、そのときにも『大人になったらお父さんみたいな仕事をしたい』って書いた記憶もあります。でも、それ以降はそんな機会もなかったし、高校受験のときにもすんなり普通科に行ったし」

嵯峨としては、専門学校は高校を出てからでいいと思っていた。だが、彼の父親は、中学を出てすぐに服飾関係の専門学校に入っていたせいで、息子が仕立屋を継ぐ気はなくなったと判断したらしい。

「もっと言えば、ちょうどそのころからスーツの値段が極端に下がり始めたんです。それに、働き方改革とかなんとかで、職場でスーツを着ない人も増えてきました。俺の友だちはＩＴ関係の会社に入ったんですが、よっぽど難しい取引先と会うとき以外、スーツは着ないって言ってます」

どう考えても、この業界の将来は厳しそうだ。本人も継ぐ気をなくしたらしいし、仕立屋は自分の代で終わりにしよう、と彼の父親は考えたのだという。

高校から先に進路を考える時期になって、服飾関係の専門学校に進みたいという息子に彼の両親は仰天したそうだ。

「ご両親も驚かれただろうけど、嵯峨君もびっくりしたんじゃない？」

「絶句しました。俺の将来はもう決まってるとばかり思ってたんです。高校を出たら専門学校に行って、親父の店に入って、親父が引退するまで一緒に仕事をして、そのあとは俺があの店をやっていくんだって……。それなのに親父たちは駄目だって……」

いきなり目の前でシャッターを下ろされたようなものだ。途方に暮れたし、恨めしく思った。何度も話し合ったが、両親、とりわけ父親は自分の代で店を畳むの一点張り。

かといって、ずっと仕立屋になると思い込んでいただけに、すぐにほかの道を見つけることもできず、やむなく大学に進学したそうだ。

「完全に、時間稼ぎでした。心のどこかで、もしかしたら親父の気が変わるかもしれない、いきなり社会の風潮が変わって、仕事でスーツを着る人も増えて、フルオーダースーツがばんばん売れ始めるんじゃないかって、期待してました。でも……むしろ逆方向に行っちゃったんです」

ここ数年、家で仕事をする人がずいぶん増えた。ただでさえ、職場でスーツを着ない人が多かったのに、在宅勤務ではますますスーツはいらなくなる。スーツどころか、ワイシャツやネクタイの売上げも落ちている。

これから先もフルオーダースーツの需要がゼロになることはないにしても、生存競争は過酷になるばかり。嵯峨自身ですら、父親の代で店を畳むという判断を否定できなくなってしまったそうだ。

「親父には、運がよかったって言われました。うっかり専門学校に進んだあと、こんなことになっていたら目も当てられなかった、って……」

「私は、ご両親のおっしゃることもわかるなあ……。でも、嵯峨君はそれで納得できたの？」

「しょうがないですよね……。俺は大学で経営の勉強をしていたから、立地的にも顧客状況を見ても、親父の判断は間違ってないってわかりました。それでもやっぱり、スーツに関わる仕事がしたくて『五木ホールディングス』に入ったんです」

『五木ホールディングス』に入ったところで、紳士服売場に配属されるかどうかわからない。それでも可能性がゼロじゃないのなら……と入社試験を受けたそうだ。

エントリーシートの志望動機から面接に至るまで、とにかくスーツへの熱い思いを語り続けた。だが、『五木ホールディングス』は様々な商業形態で、ありとあらゆる商品を扱っている。初手からコンビニ部門に配属ということだって考えられた。

カジュアル担当だったといっても最初から紳士服売場に行けたのだから、嵯峨はかなりプレゼン能力が高いし、運も強いのだろう。

実力と運を駆使し、イージーオーダースーツ担当に辿《たど》り着いた。それなのに客から声をかけられない。こちらから声かけしても、曖昧な笑顔で断られてしまう……と嵯峨は唇を噛む。

だが、悔しさを滲《にじ》ませる姿を見ても、千晶はやはり疑問を禁じ得ない。

これまでの経緯を聞く限り、彼が父親を嫌っている様子はない。同じ眼鏡が嫌だという理由がわからないのだ。

やむなく、原点に戻って訊ね直す。

「嵯峨君って、別にお父さんが嫌いじゃないよね？」

「もちろん嫌いじゃないですよ。むしろ尊敬してます」

「じゃあ、どうしてお父さんとそっくりになるのがいやなの？」

「だって……比べられたら敵《かな》いっこないから……」

「比べる？　誰が？」

現在嵯峨が勤めているのは、商品開発部が入っているビルから一番近い場所にある『ITSUKI』の紳士服売場だ。

最初に眼鏡の話を出したときに『田舎の親父』という言葉を使ったぐらいなので、彼は親元を離れて暮らしているに違いない。商圏も、おそらく客層も異なるだろうに、誰が彼と父親を比べるのだろう。たとえ彼と父親が瓜《うり》ふたつだったとしても、それほど離れた場所にいるふたりが、親子だと気づく人はいまい。

ところが、嵯峨はそこでまた深いため息をついた。

「実は……うちの親父、以前、お客様をこっちに回してきたことがあるんです」

「え……お父さんのお客様を？」

「正確には、父のお馴染みさんの息子さんなんですけどね……」

嵯峨の実家は愛知県尾張《おわり》市にあり、大学進学を機に上京し、そのままこちらで就職したそうだ。昔から父親の店を使ってくれていた人の息子が、同じように上京し、やっぱりこちらで就職した。もちろん最初は親が嵯峨の父の店でスーツを誂《あつら》えたが、いつまでも親がかりではいけない、と自力で買うことにしたらしい。

「あーなるほど……それで嵯峨君のいる『ITSUKI』を紹介してくださったのか」

「そうなんです。その息子さんはちょっと腕が長くて、『吊るし』だと身体に合わなかったそうです。それもあって、これまでは親父の店で誂えてくれてたんですが、いつまでも親に甘えていられないし、自分で買うには値が張りすぎる。イージーオーダーならなんとか……って」

「セールを利用して、生地もあんまりすごいのを使わなければ『吊るし』と大差ない値段で作れるんだってね」

「そのとおりです。だから俺もセールの時期を親父経由で知らせてご来店いただいたんですが、そのときに言われちゃったんです」

「なにを？」

「『親父さんそっくりなんだけど、やっぱり……』って……」

「『やっぱり……』？」

「はい。たぶん、そのあとには否定的な言葉を続けたかったんじゃないかって……もちろん、面と向かってそんなことはおっしゃいませんでしたけど……」

「それはどうかな……その息子さんはひとりでご来店？」

「いえ、お父様もご一緒でした」

「そのお父さんのほうはなんて？」

「なにも……」

「そのときのご様子は？　難しい顔をしていらっしゃったとか？」

「いいえ。ただ息子さんと俺のやり取りを黙って聞いて、ときどき『へえ……』なんて」

「否定的なニュアンスで？」

「どうだっただろう……そうでもなかったような……」

「だったらますます、息子さんのほうも否定的な言葉を続けるつもりはなかったと思うけどなあ……。やっぱり、年齢が近いほうがセンスも似てていいな、とか。動きやすい感じにしてくれてよかった、とかじゃない？」

嵯峨の父親が紹介してくれた客は、当時二十九歳だったそうだ。嵯峨とは三歳しか変わらないし、以前どんなスーツを作ったかは父親から聞いて知っていた。それを元に、彼に似合いそう、かつ、これまでのスーツとは違う雰囲気になるよう苦心した。彼が営業職で頻繁に社外を移動することも考慮し、予算内で最良のスーツを提案したと嵯峨は言う。

それでもなお、『やっぱり』という言葉を肯定的に捉えられない。そこには、父には敵わないという嵯峨の思いがあるような気がしてならなかった。

「お父さんとそっくりなのに腕は全然違う、と思われたくない、ってこと？」

「まあ……そうです。実はあのあとも、親父の紹介で来てくださる方がいらっしゃいました。おそらく親父は、これからも常連の息子さんたちをこっちに回してくれるつもりだと思います。でもって、そういう人はみんな親父を……っていうか、親父の腕を知ってるんです」

父の今の客が、東京まで出てきてイージーオーダースーツを作るとは思えない。だが、彼らには息子や孫がいる。中には東京近辺で暮らしている人もいるだろう。今回のように、フルオーダースーツの良さをわかっていても、それほど懐に余裕がないという客が、嵯峨のいる『ＩＴＳＵＫＩ』に来る可能性はゼロではない。

「そういう紹介が続くようなら、この間のお客様は満足されたってことじゃないの？」

「え……？」

「そのお客様とお父さんは長いおつきあいなんでしょ？」

「親父が若いころからずっとだそうです」

「だったら、もし不満があったとしたらお父さんに伝えるでしょ。『あんたの息子さんのところに行ったけど、今ひとつだったよ』とか……」

長いつきあいなら、忌憚《きたん》のない意見を言うだろう。嵯峨の父親にしても、そんな声が耳に入ったら嵯峨自身に伝えるはずだ。それが息子のためになると信じて……

さらに、息子がその不満点を改善できていないのに、次の客を紹介するだろうか。いくら店を畳むつもりだと言っても、それはまだ先のことだし、これまでの信頼関係を壊したくはないはずだ。

「もっと言えば、イージーオーダースーツとは言っても、嵯峨君が仕立てるわけじゃない。あくまでも選択肢の提示だよね」

「その選択肢の示し方がよくなかったんじゃないかと……」

「でも、決めたのはお客様でしょ？　さっき嵯峨君は、ご予算の範囲内で最良のスーツにできたって、言ってたよね。自分なりに満足な仕事だったんじゃない？　お父さんだって、嵯峨君がどんなスーツをおすすめしたか気になるだろうから、お客様に訊いたと思う。それでもなにもおっしゃらなかった。それって、お客様親子は満足されたし、お父さんから見ても問題はなかったってことだよ」

「そうでしょうか……でもやっぱり……」

「一度、お父さんと話してみたら？　お父さんが仕事を始められたころの不安とかも訊いてみたらどうかな」

嵯峨は社会人になって六年目、この道四十年近い父親とは同じ土俵では戦えないのではないか。目標として父親を掲げるのは素晴らしいことだが、一足飛びにはいかないだろう。むしろ、かつて父親が嵯峨ぐらいの年齢だったころの話を聞いてみては？という言葉に、嵯峨は素直に頷いた。

「そういえば俺、親父のすごいところばっかり見てて、失敗談とか聞いたことありませんでした。親父だって駆け出し時代はあったんだから、失敗だってしてますよね」

「もちろん。お父さんと同じに見られたくないのは、外見だけそっくりでも……という気持ちからだと思う。でも、それだけ似てるんだから、いつかお父さんみたいになれるかも、って考えたらどうかな？」

「あーありかも……」

「嵯峨君は、伊達《だて》眼鏡は苦手？」

「今までは眼鏡って選択肢が一切なかっただけで、案外おしゃれでいいかもしれないと思い始めました」

「角がはっきりしたセルフレームはどう？　きっと、すごく似合うと思うよ。印象もぐっと大人びるし」

「ですかねえ……じゃあ、試してみようかな。ちょっと恐いけど……」

恐いとは？と怪訝《けげん》な顔になった千晶に、嵯峨はふっと笑って言った。

「一度でもお相手をさせていただいて、それでもお客様が付かないようなら、それは俺が未熟だってことです。外見云々《うんぬん》じゃなくて、俺自身の至らなさをお客様に見抜かれちゃってる、ってことに……」

「えーっと……嵯峨君、リピーターはいるの？」

「七割ぐらいですかね。もともと接客する数自体が少ないので、割合が高くなってるん

「全然心配いらないよ」

だと思いますけど」

「すごいじゃない！　七割もリピートしてくれるなら、全然心配いらないよ」

「ならいいんですけど……」

「不安の払拭とまではいかなかったらしい。それでも嵯峨は、最後はにっこり笑って言った。

「今日の帰りに眼鏡屋に寄ります。伊達眼鏡ならすぐに買えちゃうでしょうし」

「結果が出るといいね。あ、そうだ、近々お客さんがたくさん来そうなセールはあるの？」

「来週末に半額セールがあります」

「わあ、乞うご期待。お客さんに群がられて休憩にも行けなくなったりして」

「まさか。でも、それぐらいになるといいなあ……」

「うまくいくことを祈ってるわ」

そのあとふたりは、話している間に到着した日替わりランチを平らげ、店を出た。

じゃあ、と片手を上げて嵯峨は歩き去る。背筋を伸ばして颯爽《さっそう》と……

真摯に仕事と向き合う嵯峨がまぶしく、自分も頑張らなくてはという思いが込み上げる。

——負けちゃいられない。仕事も遊びも、しっかり頑張ろう！

心身ともに満たされるランチタイムを終え、千晶は商品開発部に戻った。

最初のデイキャンプの後、五月晴れは平日にしか巡ってこず、週末はあいにくの天気が続いていた。このまま梅雨《つゆ》入りか……と諦めかけた六月第一週、仕事帰りに天気予報を確認した千晶は歓声を上げた。

それまで傘マークだった土曜日と日曜日が、お日様マークに変わっていたからだ。

——やったー！　とうとうキャンプに行ける！

本日は火曜日、今後天気予報が変わる可能性はなきにしもあらずだけれど、まったく希望が持てないよりはましだ。なにより、今週もダメか……と思いながら過ごすのと、今週は行けそうだ、と思うのでは仕事へのモチベーションも段違いだ。

その証拠に、天気予報を確かめたあと、千晶の作業効率は格段の向上を見せた。いつもならなんとなく過ごしてしまっていた移動時間や、訪問先で相手を待つ時間も有効に使い、仕事を翌日に持ち越さないよう努めた。

五分、十分の隙間時間でもこなせる業務はいくらでもある。隙間時間の積み重ねが、いかに大事かを知ることができた。これもキャンプのおかげ、と感謝しつつ、週末に向けての準備を進める。

とはいえ、キャンプ用品はおおむね揃った。必需品で唯一足りなかった寝袋も、先週購入することができた。しかもアウトドア専門ブランド製で、マイナス十八度まで対応という優れものだ。

正直、そこまでの性能は必要ない。この情報を教えてくれたのは母だったが、聞いたときは、「お母さん、私をどこの冬山に登らせるつもりなのよ」と突っ込んでしまったほどだ。けれど、母の話の続きを聞いたとたん考えを変えた。なにせ、件《くだん》の寝袋は税込みで四千八百八十円だというのだ。普通に買えば一万円以上するはずの寝袋が、五千円でおつりが来るなんてありえない。これは買うしかない、と即座に実家に戻り、母と一緒に店に行った。

いい年をして買い物に母親についてきてもらったのか、と呆れられるかもしれないが、その寝袋が売られているのが会員制の総合スーパーだったため、会員である母と一緒でないと入店できなかったのだ。

自分のために引っ張り出して申し訳ないと思ったけれど、店に着いた母は、せっかく来たのだから、とあれもこれも、しかも重いものや嵩張《かさば》るものを中心に買い込んだ。おそらく母は、運転手兼ポーターとして娘を引っ張り出したかったに違いない。

これぞウィンウィンの関係、ということで、親子で買い物に行った千晶は、見事高性能寝袋をゲット、パンやら缶詰やらのお裾分けももらってほくほくというわけである。

——ギアは完璧、あとは食材だよね。さて、なにを作ろうかな……あ、せっかく泊まりなんだから、お酒も持っていかなきゃ！

ただ焚《た》き火を眺めるだけでも十分嬉しいし、癒される。だが、そこにアルコールが添加されると充実感が急上昇する。

小学生のころから頻繁にキャンプをしていた千晶は、二十歳《はたち》に近づくにつれて、成人を迎えた先輩たちが酒を呑《の》んでいるのが羨ましくなった。酒そのものを呑みたかったわけじゃない。炎に照らされながら酒を啜《すす》り、語り合う姿に憧れたのだ。

二十歳を過ぎてから行ったキャンプで、缶酎ハイを呑んだ。一番アルコール度数が低いタイプだったのに、二本目の半分で足下がふわふわし始めた。きっと、言動も怪しくなっていたに違いない。先輩に、おまえはそこまでだ、と取り上げられ、代わりに水のペットボトルを与えられた。

それが初めての飲酒というわけじゃなかったし、家ではアルコール度数七パーセントの缶酎ハイを二本空けても平然としていたから、自分は酒好きな上に、アルコールに強いと思っていたほどだ。それなのにキャンプでは三パーセントを一本半でそのありさま……自分でも信じられなかった。

あのキャンプからあと酒を呑む機会はずいぶんあったけれど、あれほど簡単に酔ったことはない。今でも千晶は、あれはアルコールそのものよりも『キャンプで酒を呑む』という状況に酔っていた、あるいは先輩たちの呑むスピードに無理やり付いていこうとしたせいだと思っている。

呑む機会が増えるにつれて、酒には強くなっていった。二十歳当時の『酒に強い質《たち》ではないか』という思いは間違いではなく、周りからは酒豪扱いされることも多い。

今回はソロキャンプだから、自分のペースで呑むことも可能だ。アルコール度数が高い酒を鯨飲しない限り、大事には至らないはずだ。だが、やはり久しぶりのキャンプだし、思わぬ疲れから酒が回り過ぎる可能性もある。ここは缶入りの酎ハイかビールを一本だけ持って行くことにしよう。

そこまで心配なら呑むなよ！と言われそうだが、やっぱり焚き火プラスアルコールの楽しみは捨てられない。テントを立てたり、あたりを散策したりして身体を動かしたあと、焚き火で調理してアルコールを嗜《たしな》む。異論は全部認める前提で言えば、大人のキャンプの神髄、ここにありだった。

電車を降りて、駅前のスーパーで買い物をする。今日は平日だが、なんとなくしっかり料理をしたい気分だった。

あらゆる食材が、『私をキャンプに連れて行って』と言っているような気がする。食材ばかりではなく、ゴミ袋や使い捨て容器まで……。ゴミ袋はまだ家にあるし、使い捨て容器なんて必要ない。それでも、うんうん、みんなキャンプに行きたいよね！なんて頷きながら買い物をする。ただし、買うのは今日と明日の食材のみだ。

――まだ火曜日だから、今からキャンプ用の食材を買っても仕方ないよねえ……。あ、でも、塩豚はありか！

豚バラのかたまり肉を塩漬けにして作る塩豚は、スライスして焼いてもいいし、野菜と一緒に煮込んでも美味《おい》しく、キャンプにもぴったりだ。食べ頃になるのは漬け込み始めてから三日目以降、と時間がかかるが、今日から仕込めば週末のキャンプには十分間に合うだろう。

本日の夕飯はそっちのけ、千晶は早足で精肉売場に向かう。売場に到着したとき、若い男性従業員がバックヤードから出てきた。手には半額シールを持っている。グッドタイミング、と心の中でガッツポーズを決め、従業員の手元を見つめる。

数分後、彼は見事に千晶のお目当て、豚バラのかたまり肉に黄色いシールを貼り付けた。

時刻は午後七時を過ぎたところ、総菜売場であれば、半額シールを貼られた商品は争奪戦になる。だが、精肉売場ではそこまでの騒ぎは起きない。七百グラム近いかたまり肉が四百十三円という特価でも、悠々手にすることができた。

ついでに半額になった鶏肉もゲットし、野菜売場でタマネギと三つ葉ともやしを買う。昨日炊いたごはんを温めて、本日は親子丼、明日は残りの鶏肉を揚げよう。豚肉と一緒に下拵《したごしら》えをしておけば、いい感じの竜田揚げにできるはずだ。

三つ葉は親子丼にはほんの少ししか使わないけれど、あるのとないのとでは大違い。

彩りに使ったあとは茹《ゆ》でてもやしと一緒に胡麻和《ごまあ》えにすればいい。もやしは少し残して、中華スープにしてもいい。最近はチューブ式の素があるから、中華スープもチャーハンも簡単に美味しくできるようになったのはありがたい。

買い物カゴに鶏肉と豚肉、タマネギ、三つ葉、もやしを入れ、引き返して魚売場にも回る。精肉売場と魚売場は隣り合っているのだから、さっき見ておけばよかった、と思いながら戻ってみると、今度は魚売場で半額シール祭りが開催されていた。

ただし、こちらは精肉売場ほど呑気《のんき》ではなく、刺身の奪い合いの真っ最中だ。おそらく刺身というのは、出来上がり済みの総菜同様、買って帰ってすぐ食べられる商品なので、人気が高いのだろう。

とはいえ千晶の狙いは刺身ではない。なにせ本日の夕飯は親子丼、明日は竜田揚げ、副菜までばっちり決まっているのだ。刺身コーナーに群がる老若男女を尻目に、干物が並ぶコーナーに行く。鶏肉や豚肉と同様に黄色いシールを目印に探し、鯖《さば》の文化干しを買い物カゴに入れる。

千晶は鯵《あじ》や秋刀魚《さんま》の開きよりも、鯖の文化干しのほうが好きだ。三枚おろしにされているから骨が少なくて食べやすいし、脂もたっぷりのっている。賞味期限は近いけれど、冷凍すればしばらくもつ。最後に目の端に映ったシシャモもゲットして、本日の買い物は終了。上々の首尾に、千晶はほくほく顔でスーパーをあとにした。

——さてと、とりあえず先にこっちをやっつけますか！

帰宅して着替えた千晶は、腕まくりをしつつ台所に立つ。

まず、二枚入りの鯖の文化干しを一枚ずつに、シシャモも十二匹入りを半分ずつに分けてラップフィルムに包む。さらにその上からアルミホイルをかけてファスナー付きのビニール袋に入れ、冷凍庫にしまう。これは魚だけではなく、肉を冷凍するときも同様だ。

ラップフィルムとアルミホイルの両方を使うのはもったいない気もするが、アルミホイルをかけることで冷凍焼けを防ぐことができる。ひとり暮らし、かつまとめ買いが主流の千晶には、欠くことができない作業だった。

魚たちを冷凍したあと、いよいよという感じで肉の処理に取りかかる。

ラップフィルムを剝がし、トレイに入ったままの豚のかたまり肉に塩をバサバサ振りかける。もちろん高級塩ではなく、一キロ百円ぐらいで売られているありふれた塩だ。そうでなければ、こんなに惜しげもなく使えるはずがない。

相撲取りの土俵入りかと思うほど大量に振りかけ、続いて黒胡椒《くろこしょう》をパラパラ……さすがにスパイス類は塩ほど気楽には使えない。千晶の『辛さ』への耐性はごく普通、間違っても辛さが売りのカレーやラーメンの店で、二辛、三辛に挑もうとは思わない。スパイスはほどよく使ってこそ、と思いながら振りかけたあと、豚のかたまり肉を手に取る。

ここから先はお楽しみ、塩と胡椒を存分に揉《も》み込む時間だった。

――いいねえ、このお肉のひんやり感。なにより素手で扱う背徳感がたまらない……

あ、しまった！

慌ててかたまり肉をプラスティックトレイに戻し、ざっと手を洗って調理台の下の引き出しを開ける。

かたまり肉の場合、どれだけ大量の塩を使っても容易に中まで味が染みない。あらかじめ穴を空けておく必要があるのに、すっかり忘れていたのだ。

引き出しからフォークを取り出し、ぐさぐさと突き刺す。塩を揉み込む以上に楽しい時間だが、にやにや笑いながら肉にフォークを突き立てるアラサーなんて、物騒この上ない。ひとり暮らしでよかった、と思う瞬間だった。

存分に穴を空けたあと、再び揉み込み作業に戻る。塩の粒の感触がある程度消えたあたりで、ラップフィルムで包む。冷凍するわけではないから、アルミホイルはパスして冷蔵室にしまう。

これで豚肉についての作業は終了、土曜日には千晶好みの塩加減になっているだろう。一センチほどの厚さに切って焼いてもいいし、スライスして野菜と炒めてもいい。角切りにしてポトフに入れてもいい。塩漬けにしてあるから、生肉ほど保冷に気をつけなくてもいい。塩豚――豚の塩漬けは、キャンプには重宝な一品だった。

引き続き親子丼の作成にかかる。もはや空腹は限界、いつもなら塩豚なんて後回しにしていただろう。それでも先に塩豚を作ったのは、キャンプに持っていくものだからとしか言いようがない。とにかくキャンプにまつわることが最優先、それほど今の千晶はキャンプに焦がれていた。

小鍋に酒、みりん、砂糖、醬油を入れて火にかける傍《かたわ》ら、鶏肉やタマネギを刻む。このあたりの作業はお馴染みでもあるし、取り立てて楽しくもないから淡々とこなす。煮立った小鍋に、タマネギと鶏肉を投入。日によってはタマネギがしんなりしてから鶏肉を入れることもあるが、今はそんなゆとりはない。もともと歯応えが残ったタマネギが好きだから、なんの問題もない。

火を弱めてタマネギと鶏肉が煮えるのを待つ間に、竜田揚げにする分の鶏肉に下味をつける。同じ鶏肉、使う調味料もほとんど変わらないのに、まったく違う料理になるのは面白い、などと思っている間に、小鍋の鶏肉に火が通り、慌てて溶き卵を流し入れる。

こちらも、いつもなら溶き卵を半量入れて固めたあと、火を止める直前に残りを加えるという二段階投入方式にするのだが、今はそれどころではない。しっかり固まった部分とトロトロ部分のコラボなんて贅沢《ぜいたく》よりも、空腹を満たすほうが重要だった。

最後に三つ葉を散らし、親子丼は完成。もやしと三つ葉の胡麻和えは明日作ることに決め、インスタントの味噌汁に湯を注ぐ。親子丼にタマネギと三つ葉が入っているし、味噌汁には揚げ茄子と長ネギが使われている。少々足りない気もするが、それは明日補えばいいだろう。

「いっただっきまーす！」

誰もいなくても『いただきます』だけは言う。『おはよう』も『おやすみ』も『ただいま』も言わないくせに……と苦笑しつつ、スプーンで親子丼を掬《すく》う。

丼物における箸とスプーンの優位性、なんてフレーズが頭に浮かぶが、汁気の多い丼物は断然スプーンのほうが食べやすい。老舗鶏料理店でも親子丼にはレンゲが添えられているぐらいだから、マナー違反にはならないのだろう。なにより無理に箸を使ってぽろぽろこぼすよりも、スプーンやレンゲで掬ったほうがスマートだ。キャンプだって、よほどのことがない限り、フォークとスプーンがあればなんとかなる。

――キャンプにおいては箸文化は廃《すた》れゆく一方……って、もともとキャンプそのものが外来だから、箸文化とは相容《あいい》れないよねえ……

そんなことを考えながら親子丼を完食、味噌汁も呑み干した。お腹はいっぱいになったし、キャンプで塩豚のほかにどんな料理を作るかを考えなければならない。その前に、洗い物とお風呂だけは済ませないと、ということで、千晶はひとまとめにした食器を流しに運んだ。

待望の土曜日、千晶は起きるなり勢いよくカーテンを開けた。

空の彼方に小さな雲が見える。空は真っ青だし、雲も雨を運びそうにない白色の上に、近づいてくる気配もない。これなら雨や風の心配はなさそうだ。

気温は少々高めなので暑さ対策は必要だが、その分夜は過ごしやすいかもしれない。マイナス十八度対応の寝袋が仇《あだ》にならなければいいけど……と心配しつつ朝食を済ませ、キャンプに出かける支度を始める。

とは言っても、テントと寝袋はすでに玄関に運んである。細々としたギア類もリュックに詰め込み済み、あとは食材をクーラーバッグに入れるぐらいだ。しかも、ソロキャンプだから持って行く食材も大した量ではない。

これは、実際に食材の用意を始めて気づいたことだが、あらゆる意味でソロキャンプは楽だ。誰の顔色も窺《うかが》わずに好き放題できる気楽さは言うまでもないが、なにより荷物が少なくて済む。

いくらキャンプだからと言って、乾物やインスタント食品だけで済ませるのは味気ない。やはり肉や魚だって食べたい……となると、保冷が必要とされる。

学生時代はグループキャンプばかりだったから、食材の保冷に頭を悩ませた。クーラーボックスは大型を複数、保冷剤だって大量に用意しなければならない。予想外の暑さに保冷剤が解けきってしまい、慌てて氷を買いに走ったことすらある。

その点、ソロキャンプは楽だ。

ひとり分の食材なんて小さいクーラーバッグでも余裕で収まるし、現地調達という手もある。昨今、コンビニでだって生鮮食料品が買えるし、魚ならその場で釣るという荒技だってある。グループ全員の胃袋を満たすほどの魚を釣るのは難しいが、ひとり分ぐらいならなんとかなるかもしれない。

千晶はさらにご機嫌になって、クーラーバッグに食材を詰める。

火曜日の夜に仕込んだ塩豚は、完璧と言っていいほどの仕上がりだ。七百グラムのかたまり肉は、さすがにひとりには大きすぎる。味見をかねて少し減らそう、ということで木曜の夜に食べてみた。

五ミリほどの厚さに切ってフライパンで焼いたのだが、ほかの料理に気を取られているうちにうっかり焦がしてしまった。だが、そのおかげで適度に脂が落ち、周りはカリカリ、上等なベーコンのような味がした。周りと中心部の塩加減にかなり差があったものの、あれからさらに一日経っている。今ならきっと塩が全体に馴染んで、いい感じになっているだろう。

クーラーバッグの底に保冷剤を敷き、塩豚を入れる。その脇に生鮭《なまざけ》の切り身、バターも何切れかラップフィルムに包み、小さなプラスティック容器に入れて突っ込む。

今回のアルコールはビール。ビールなんてどこのコンビニでも買えそうなものだが、どうせクーラーバッグを持って行くのだから、最初から入れておこう。そうすれば、途中でクーラーバッグを開けずに済むし、保冷剤にくっつけて入れておけば夜までしっかり冷えているだろう。

米、ニンジン、タマネギ、ジャガイモにネギ、もちろんこれらは常温で大丈夫。ウインナーはクーラーバッグ、ツナ缶は常温。最後に、少し考えて先日冷凍したシシャモも入れる。これでクーラーバッグの隙間は埋まった。

きちんと詰めてみだりに開け閉めしない。保冷効率を上げるための大原則は、キャンプにおけるクーラーバッグでこそ必要とされるものだった。

午前十時四十分、千晶はようやく車のエンジンをかけた。

起きたのは午前七時、九時には身支度も朝食も、雨続きで先送りしていたシーツの洗濯まで済んでいた。それなのに、出発がこんなに遅くなったのは、ただただキャンプ場のチェックイン時刻に合わせるためだ。

本日向かうキャンプ場のチェックインは午後一時からとなっている。前に使ったキャンプ場に文句はないが、別のところも試したいとインターネットで見つけた。場所は千晶の家から高速を使って一時間半、一般道でも二時間あれば着けるので、そんなに早く出発しても時間を持て余してしまう。ぎりぎりまで待機、ということで時計とにらめっこ状態で時を過ごし、クーラーバッグに食材を詰め始めたのが十時二十分。戸締まりその他を厳重にチェックし、この時間の出発となった。

早めに出て周辺の観光地でも巡ろうかとも思ったが、なんとなく気が乗らなかった。おそらく本日はただただキャンプのみを楽しみたい、待ちに待ったキャンプをほかの要素で薄めたくないという思いがどこかにあったのだろう。どれだけこだわっているのよ、と苦笑しつつ、時を待ったというわけである。

鷹野の助言に従い、愛用の軽自動車の後部座席は倒してフラットにしてある。荷物を積み込むためでもあり、万が一のときにそこで寝るためでもある。

天気予報によると雨の心配はほぼないけれど、アウトドア活動に予想外のアクシデントはつきものだ。

孤独に弱いタイプではないと自分では思っているが、初めてのソロキャンプである。テントの中にひとりきりという状況に耐えきれなくなるかもしれない。あるいは、近くに価値観が相容れないキャンパーがいて、眠れなくなるとか……

テントに比べて、ロックできる車の中というのはやはり安心感がある。昨今の車は遮音性も高い。もうひとつの寝場所として確保しておくに越したことはなかった。

サイドブレーキを解除し、キャンプ場に向かって走り出す。

高速道路を使うつもりはない。料金がもったいないし、千晶にとって、道沿いから高いビルや大規模な商業施設が徐々に消え、緑が増えて行く様を眺めるのもキャンプの楽しみのひとつだからだ。

そういえば、学生時代にキャンプに行っていたころは、道中のコンビニにすら楽しみを求めていた。コンビニは郊外に行けば行くほど建物が大きくなり、駐車場も広くなる。中には、明らかにこれはコンビニとして建てられたわけではないだろう、と思われるものもあり、サークル仲間たちと以前はどんな店だったかを想像しあうこともあった。

さらに、かつては町中と郊外では品揃えも大きく違った。今は、コンビニも生鮮食料品や冷凍食品を豊富に扱うようになったけれど、あのころは町中のコンビニに生鮮食料品なんて売っていなかった。それが、郊外に行くにつれ、野菜や細切れ肉、干物などが並び始める。トイレ休憩がてらコンビニに入り、冷蔵ケースに鯵の開きや塩鮭を見つけては「干物コンビニ出現！　目的地は近いぞ！」なんて大騒ぎしたものだ。

今では町中、郊外を問わず、コンビニでも食材が幅広く売られるようになった。個人農家と契約しているのか、泥が付いた野菜を並べているコンビニも見受けられる。普段の暮らしにはとても便利でありがたいが、キャンプに向かう高揚感が薄れる気もする。

多少薄れたところで、高揚感はたっぷりあるからかまわないのだけれど……

二時間のドライブの途中で一度コンビニに寄って二リットル入りの水を二本買った。トイレを借りてなにも買わずに出てくるのはさすがに申し訳ないというのと、水を持ってくるのを忘れたというふたつの理由からだ。

正確には忘れたわけではない。五百ミリリットル入りの水は二本持ってきた。ただ、それはもっぱら飲用で料理に使うには足りない。キャンプ場には炊事場があり、そこには水道設備もある。足りなくなったら汲《く》みに行けばいいのだが、五百ミリリットルでちまちま足すよりも二リットルのほうが便利に違いない。

それに、ホームページにキャンプ場の近くに水汲み場があると案内されていた。不動様の霊水として有名らしいから、空になったペットボトルに汲んで帰るのも乙だろう。

なんならキャンプの途中で散歩がてら汲みにいってもいい。湧き水で入れたコーヒーはさぞや美味しいことだろう。

目的地が近づくにつれ、早くキャンプを始めたいという気持ちが高まる。アクセルをぐいぐい踏んでスピードを上げたくなるが、事故を起こしたらキャンプどころではなくなってしまう。しかも、交通量が少ない場所に行けば行くほど信号や横断歩道がなくなり、予想外の横断者が増える。制限速度をオーバーしないよう、脇から出てくる人を見逃さないよう細心の注意をしつつ走る。

そんな慎重なドライブを経て、ようやく千晶は目的のキャンプ場に到着した。最後の最後にすれ違いができない細い道があってヒヤヒヤしたけれど、幸い対向車はなく、無事に辿り着くことができた。時刻は午後十二時五十五分、チェックインタイムまであとわずかだ。

ちょうどいいペースで走れたな、と満足しつつ、管理棟に向かう。

インターネットで予約してあったので、利用開始手続きはあっさり終わり、すぐにソロキャンプサイトに入ることができた。

意外だったのは、水道が井戸水らしく、飲料用には使えなかったことだ。飲料用や調理用の水はタンクに用意されていたけれど、独り占めできるわけではない。重いし多すぎるかも……と思いながらも二本買っておいてよかった、と安堵《あんど》すると同時に、気になってスマホでホームページを確かめる。

――ホームページには井戸水だなんて書いてなかったはずだけど……って、あるじゃん！

ホームページではなく、口コミ欄に井戸水なので飲料用には使えない旨《むね》の書き込みがあった。ただ、その口コミ欄は長文を書き込んだ場合は途中までしか表示されない様式だったため、千晶は全文を読んでいなかったのだ。

――よく見たら『もっと読む』がある……これをクリックしなきゃ全部は読めないよね。ホームページに出てない情報を口コミ欄に書き込んでくれる人もいるから、ちゃんと確認しなきゃなあ……

たとえ水道が井戸水でも、飲料用の水は用意されている。気楽に使えないと思ってしまったが、それは千晶の個人的な感情で、必要な分は使っていいに決まっている。それに、飲料用のタンクが空になったら近くにあるという水汲み場に行っているのかもしれない。とにかく使える水は用意されているのだから、わざわざホームページに書くまでもないと判断したのだろう。

けれど、世の中にはいろいろな人がいる。ただ使いたくない、あるいは体質的に湧き水がだめという人もいるだろう。そんな人にとって口コミ情報は頼もしい味方だ。

これからはもっと隅々まで確認しよう、と反省する千晶だった。

雨が続いていたせいか、少々地面がぬかるんでいる。だが全部が全部というわけでもなく、到着が早かった千晶は、しっかり乾いた場所を選ぶことができた。

気温はどんどん上がっているから、いずれは乾くだろうけれど、グランドシートを張ってしまったらその下は湿ったままになるし、シートに泥が付いたら手入れが面倒になる。なにより、土が軟らかいとテントを地面に固定するためのペグが不安定になってしまう。

そもそもドーム型のテントは、風がなければペグはいらない。たとえぬかるんでいても、ペグを二本使ってクロスに打つという解決策はある――そんなことぐらいわかっている。けれど、今回は予備のペグを持ってきていないし、千晶はテントにペグ打ちはつきものと思っている。あとから風が出てきて慌てるよりも、最初から打っておくべき、という考えの千晶にとって、地面は乾いているに越したことはなかった。

早く来てよかったと安堵しつつ、テントを立てる。

ペグはまっすぐで泥の欠片《かけら》も付いていない。固い地面を選んで打ち込むペグは、力を込める分曲がりやすい。使ったあとはきちんと確かめ、曲がっていたらハンマーで打ち直してまっすぐにしておかねばならない。このペグにも何度か打ち直した跡がある。鷹野夫婦がきちんと手入れしていた証《あかし》だった。

誰かが大事にしていたものを譲り受けるのはありがたいと同時に、身が引き締まる思いも湧く。信頼して譲ってくれたのだから、自分も同じように大切に使わなければと思うのだ。

テントを広げ、鈍く光る金属製のペグを随所に打つ。寝袋やテント内で使う電池式のランタン、貴重品などを運び込み、テント設営作業は終了だ。いずれクーラーバッグなども入れなければならないが、それは寝る直前でいいだろう。

いよいよ、という感じで焚き火グリルを組み立てる。その脇にはシンプルな焚き火台を置く。焚き火グリルは炭、焚き火台には薪《まき》を使う予定で両方持ってきた。

ちなみにこの焚き火台は、フリーマーケットサイトで五千円という値段がつけられていて、新品で買ったらいくらするのだろうと思って調べてみたところ、まさかの三千五十五円……即決で購入したという代物だった。

信頼の置けるメーカーだし、評判も悪くない。広げた姿は中華鍋のようで、小さな笑みが湧く。焚き火グリルより高さもあるし、焚き火シートと合わせて使えば地面を傷める心配もない。

テントはもらい物、寝袋と焚き火台も予想外の低価格で購入することができた。その他の細かいギア類も、百均と通販サイトのおかげでそれなりに揃った。トータルでかかった金額は燃料まで入れて二万八千七百四十円、千晶のキャンプ再開計画は大成功だった。

もちろん、道具だけ揃えばいいというものではない。キャンプを楽しめなければ意味がないのだ。まずは、この一泊二日を無事に楽しく乗り切ることが重要だった。

焚き火グリルは炭でよしとして、問題は焚き火台のほうだ。ホームセンターで買った薪はこの焚き火台には太すぎるし、この太さでは着火も大変だ。まずは薪を割らなければ……と、千晶はリュックから鉈《なた》を取り出す。

通販サイトで、鞘《さや》つきで女性にも扱いやすい大きさ、と書かれていたので買ってみたものだが、切れ味はどうだろう。

学生時代のサークルでは、薪割りはもっぱら男性任せだった。男女平等という考え方に反すると言われるかもしれないが、体力の差は否めない。なにより性別に関係なく、薪割りこそキャンプの醍醐味《だいごみ》、と公言してはばからない男の友人がいたのだ。

彼はいつも、キャンプ地に到着するなりテント設営などほったらかしで鉈を取り出し、嬉々《きき》として薪を割りまくっていた。あんなに楽しそうなのだから、好きにさせておけばいい、楽しみを奪うほうが酷だ、と意見が一致していたのである。

そんなこんなで千晶はあまり薪を割ったことはない。せいぜい火をつけるときに、友人が割ってくれた薪では太すぎるということで、細く裂いた程度の経験しかない。それでも薪を割る姿は数えられないほど見てきたから、やってやれないことはないはずだ。

なによりここにあの友人はいないのだから、自分で割るしかなかった。

――あの子、元気かなあ……今どこにいるんだろう……

同期だったこともあって、サークル活動を辞めたあともちょくちょく顔を見ることはあった。だが、卒業後は一切連絡を取っていない。風の噂《うわさ》で地元の公務員試験に合格したと聞いたから、どこかでカウンセラーをやっているのかもしれない。たまにふと、連絡を取ってみようかなと思うこともあったけれど、心理学を学びながら流通業に就職したことに引け目のようなものを感じていたし、連絡先もわからない。元気でやっていることを祈るばかりだった。

思い出にふけっている場合ではない。さっさと割ってしまおう、と薪の束から太めのものを選び出す。そして、続けて鉈から鞘をはずそうとしていた手を止めた。不可能ではないにしても、地面の上では薪が割りにくいことを思い出したからだ。

どこかに薪割り台にできそうなものはないか、と見回した結果、直径二十センチぐらいの平たい石を見つけた。あの友人なら、そんな小さい石では話にならない、と眉を顰《ひそ》めるだろうけれど、なにも丸太を割るわけじゃない。薪の直径よりも大きければなんとかなるはず、と石の上に薪を置いて鉈を構えた。

刃を薪に当て、食い込ませるように軽く打つ。ある程度刃が入ったら力を込めて打ち付ける。カンカンカン……と繰り返し打ち付けていると、薪はあっけなくふたつに割れた。どうやらあまり固くない材質――おそらくスギだろう。

――割れやすいのはありがたいし、火もつきやすいだろうけど、その分長くは燃えないってことだよね。まあひとりだし、一晩だからいいか……

二本、三本と続けて割っていく。こんなもんだろう、と思える量を割り終え、手袋を外した。ちなみにこの手袋は一双《そう》で千円近くした。キャンプで大活躍する軍手の十倍以上の値段だが、人工皮革製の耐熱グローブなので、薪割りだけではなく、火を熾《おこ》すときや熱くなった調理器具を移動させるときにも使える。耐久性もすぐに破れたり焦げたりする軍手とは段違いなので、コスパは上等だろう。

――こういうところにしっかりお金をかけるのが、熟練キャンパーってものよ！

誰に威張っているのだ、と自分でも苦笑しつつ、割った薪を焚き火台に移す。空気の通り道をしっかり確保し、一番下に着火剤を入れた。

とはいえ、周りを見回すとけっこう枯れ葉が落ちていた。どうやら春に葉を落とす常緑樹が多いようだ。初めて行くキャンプ場なのでどんな木が生えているかわからず、着火剤を持参したけれど、次に来るときは着火剤はいらないかもしれない。今回のような雨上がりの場合を除いて、の話ではあるが……

焚き火台の準備は整った。焚き火グリルの炭は調理を始める少し前でいい。いくら焚き火が好きだと言っても、一泊二日の間中火に張り付いているのはもったいない。

それに、焚き火が真価を発揮するのはやはり暗くなってからだろう。時刻はようやく午後二時になるところだし、散歩をするなら今のうちだった。

——とりあえず、水汲み場とやらを見てきますか！

薪割りに使った石を元の場所に戻した千晶は、五百ミリリットルの水のペットボトルだけを持って歩き始める。水は三分の一ぐらい残っているが、汗を掻《か》いたあとなのでそれぐらいの量ならすぐに飲んでしまう。空になったペットボトルに水を汲んで帰ればちょうどいい。

ところが、歩いても歩いても水汲み場に到着しない。確か三分ほどと書いてあったはずなのに……と首を傾《かし》げつつも進む。結局、水汲み場に着いたのは歩き始めてから二十五分後だった。どうやら三分は三分でも車、それも法定速度はどこへやら……で暴走する車でのことだったらしい。

来るのに二十五分かかったということは、帰りも同じだけかかるということだ。トータル一時間の散歩の是非は人それぞれだが、千晶は『是』だ。

せっかく山の中にいるのに、歩き回らなくてどうする。学生時代のサークルにしても、ただテントを張って焚き火の前に座り込んでいるだけなんてもったいない、という考え方が主流で、行く先々の山を歩き回った。

ちょっとしたイベントとして、ウォークラリーをおこなうこともあった。これは、山道のあちこちに道順の手がかりやクイズを書いた紙を設置し、それに従って目的地を目指すものだが、時折ダミー記号なども紛れ込まされていた。ある意味、積極的に迷子を作り出すイベントとも言える。

言うまでもなく道案内アプリは使用禁止で、たとえ使えたとしても、当時はまだまだ完成度が低く、山の中は電波が届かなかったり、施設そのものが記載されていなかったり、と役に立たなかっただろう。

あのころのサークル仲間なら、三分と思ったら三十分なんて気にしない、とにかく辿り着けたのだから問題なし、と口を揃えるに違いない。

そんな経験を経てきた千晶にとって、細かい脇道を行ったり来たりすることなく、ただ道に沿って歩くだけの二十五分など楽勝だった。

延々と歩いて辿り着いた水汲み場は、予想外に設備が整っていて、蛇口をひねるだけで水を汲むことができた。

便利には違いないが、霊水としてのありがたみには欠けるなあ、と思いながら飲んでみると、すっきりとした中にほのかな甘みを感じる。特に、湧き水特有の冷たさが汗ばんだ身体に心地よく、気づけばペットボトルの水は半分に減っていた。

——確かに美味しい水だわ……大きなペットボトルを持ってくればよかったなあ。でもまあ、あっちはまだ満杯だし、買った水を捨てるなんて論外。諦めて帰りに汲むことにしよう。

それでも五百ミリリットルあれば、ごはんを炊いてコーヒーを入れることぐらいできる。いずれも水の質が味を大きく左右するものだ。延々と歩いた甲斐《かい》があった、と満足しながら、千晶は元来た道を戻る。キャンプ場に着くのはおそらく三時半ごろ、水汲み場でのんびりしていたせいで遅くなったが、少し休んで夕食の支度を始めるのにちょうどいい時刻だろう。

行きと帰りで距離が変わるわけがないのに、帰りのほうが早く着く気がするのはなぜだろう。行きには、未知との遭遇という心理的距離が加わるせいだろうか。心理学を学んだ者としては実に興味深い問題だ、などと思いながら、テントサイトに戻った。

相変わらず空は晴れ渡り、風も吹いていない。もちろん、置きっ放しにしておいたギア類がなくなる、なんて物騒なこともなく、千晶の根城は出かけたときのままで待っていてくれた。

本日の日没は午後六時五十二分、暗くなるのはまだまだ先だ。

焚き火愛好家の千晶としては、一刻も早く暗くなって欲しいと思うが、これればかりは致し方ない。キャンプに慣れていない人にとっては、暗がりの中での作業は辛いだろうし、家族連れの場合、夕食の支度に夢中になっているうちに子どもが暗闇に紛れて迷子、なんてことになったら目も当てられない。

夕方から食事の支度にかかって、食べて片付け終えたころに日没、少し焚き火を楽しんだあと就寝というのが、一般的なキャンプスケジュールなのだろう。

焚き火愛好家が秋や冬にキャンプに行きたがるのは、グループキャンプで混み合う夏を避けたいという気持ちと、秋や冬なら日没が早いという気持ちの両方からかもしれない。少なくとも千晶の場合、いつでもいいと言われれば、日没が早くなる秋を選ぶ。耐えられないほどの寒さではなく、夜が長い秋を……

いずれにしても、梅雨は目前といえども暦の上ではしっかり夏である今は、長い夜は望むべくもない。とりあえず食事を済ませ、暗くなるのを待つしかなかった。

――焚き火台のほうはまだ火をつけなくていいから、とりあえず炭かな……

炭はデイキャンプで使った残りだが、ビニール袋を二重にして乾燥剤も入れて保管してあったから問題ない。

吸湿剤として多用されることからもわかるように、炭は隙あらば水分を吸収しようと躍起になる。インターネット情報によると、十キロの炭は一リットルの水分を吸収できるらしい。ただ湿気《しけ》て燃えなくなるだけならいいのだが、水分を含んでいても炭は炭なのでなんとか火がついてしまう。そして爆《は》ぜる。さらに変な臭いを発する。炭は水分だけではなく臭いも吸収するからだ。

使い残した炭をそこらに放置するのはもってのほか、とにかく水分と臭いを寄せ付けないよう細心の注意が必要だった。

二重にしてあったビニール袋を開け、必要な分を焚き火グリルに移す。この間のデイキャンプでリハビリは完了しているので、ためらいは一切ない。我ながらほれぼれするようなスムーズさで着火し、熾火《おきび》になるのを待つ。

炭から漂うのは炭本来の香りのみ、保管は大成功だった。

午後四時半、水を張ったアウトドアクッカーを焚き火グリルにのせる。このアウトドアクッカーは直径十三センチ深さ十一センチの大鍋、一回り小さい鍋、さらに大小の鍋の蓋としても使える浅鍋もふたつ付いている。フライパンとしても使え、全てが大鍋にすっぽり収まる優れものである。

メスティンとスキレットを持っているし、百均で買ったシェラカップもあるのだから、それ以上必要ないだろうとは思ったのだが、意外な盲点があった。

百均で買ったシェラカップをまじまじと見ていたら、『火にかけないでください』という説明書きを見つけてしまったのだ。

慌ててインターネットの記事や動画を確かめた。いずれもごく当たり前に百均のシェラカップやアルミ皿を鍋やフライパン代わりに使っていたが、よく見てみると『自己責任』という文字がちりばめられていた。

それを見て千晶は考えた。

それなりの数の人が使っている。みんな極めて元気そうに見える。アルミ製ならば有害物質が発生することもなさそうだ。問題は劣化が早まることぐらいだろう。一回のキャンプで使えなくなることはない。少なくとも二回、いや五回は使えるはず……

悩んだ挙げ句、いったんは強行路線を取りかけた。メスティンと違って、シェラカップは正真正銘百円だった。使えなくなったら買い換えればいいのではないか……

けれど百均で買ったシェラカップを見ているうちに、気が変わった。

どのみち、この大きさで煮込み料理は無理だ。前回のデイキャンプでは、スキレットでカレーを煮込んだけれど、もう少し深さが欲しいと思ったのは確かだ。それにシェラカップで煮込み料理を作ってしまったら、飲み物が困る。アルコールやペットボトル飲料なら直飲みできるが、温かいコーヒーやスープにはやっぱりシェラカップを使いたい。

もうひとつカップを買うという手もあるが、まずは直火《じかび》にかけられる鍋の値段を調べてみた。そこで見つけたのが、このアウトドアクッカーだった。

値段は千四百八十円、送料を入れても二千円と少し。ガスバーナーで熱している写真があるから、直火にもかけられるはずだ。『自己判断』でおそるおそる、しかも半ば使い捨てでゴミを増やすよりも、これを買ったほうがいい。

かくして注文したアウトドアクッカーは、翌日の夜には配達された。ちょうどごはんを炊く日だったので、その日のうちに米のとぎ汁を使ったシーズニングもすませ、本日めでたく持参したというわけだった。

——注文したときは、深さは十一センチしかないのか、それでもまあまあ……なんて思ってたけど、けっこういいね。スキレットと比べたら段違いの頼もしさ！　そりゃそうよね、あっちはフライパン、焼いたり炒めたりするためのものだし……

湯が沸くのと追いかけっこのように、野菜を刻む。スキレットよりも水がたくさん入るので、野菜は大きめでも大丈夫だ。時間も十分あるし、炭火でじっくり煮込めば、さぞや美味しいポトフになるだろう。

沸いた湯に粉末のコンソメを溶かし、タマネギ、ニンジン、ジャガイモを入れる。続いて塩豚を取り出し、角切りにしてコンロの空いている部分にのせた浅鍋で焼く。そのまま野菜が入った鍋に入れてもいいが、周りを焦がせば肉汁を内部に閉じ込めてくれるし、風味もよくなる。このクッカーの底面積が、スキレットやメスティンに比べて小さいからこそできる芸当だ。

アウトドアでも、いやアウトドアだからこそこういうちょっとした工夫を怠らない。それがキャンプを楽しくする秘訣だった。

――うーん……いい匂い！　これは拷問だわ！

角切りの塩豚を転がすと立ち上る芳香に、空っぽに近い胃袋が悲鳴を上げる。

だが角切りはポトフに入れなければならない。さっさと片付けてしまおう、となけなしの忍耐力で焦げ目をつけ、深鍋に移す。ここまでやればあとは煮込むだけ、つまみ食いを楽しむ暇ぐらいあるだろう。

どうせこうなるだろうと思ってそのままにしてあった塩豚を、今度は薄く切る。二枚、いや三枚いっちゃおう！なんてご機嫌でスライスし、浅鍋の上にのせた。

角切り肉から染み出た脂が、盛大に跳ねる。新しくのせられた肉に、なんだこの野郎！と喧嘩《けんか》を売っているみたいでつい笑ってしまう。

まあまあ、どっちも元は同じかたまりでしょ、なんてなだめつつ、場所をずらしたりひっくり返したり……ほどなく薄切り肉は焼き上がった。

ここで冷たいビールをグッとやればさぞや美味しいだろうな、と思ったものの、ビールは一缶しか持ってきていないし、まだ明るいうちから酒を呑むのは気がひける。お楽しみは日が暮れてからにして、焼き立ての塩豚にフォークを突き立てる。

「はい優勝！　多めに持ってきてよかったー！」

ポトフと塩豚はまだたっぷり残っている。多少つまみ食いしたところで、今後の食事に影響はない。かりかりに焦げた端っこの食感を大いに楽しみ、千晶の『おやつ』は終了した。

次は炊飯だが、こちらは火加減無用でのせておくだけ、しかも、デイキャンプで実践済みなのでなんら問題はない。

とはいえ、飯盒《はんごう》で薪を足したり引いたりしながらごはんを炊くのは案外楽しかった。仲間たちと代わる代わる木の枝を当ててみて、「もう沸いた」とか「いやまだだ」なんて言い合う。後輩が、まだ全然沸いていない、と言うので放っておいたら、実は水はすっかり蒸発したあとで、真っ黒に焦げてしまったこともあった。焦げ目もきつね色ぐらいならむしろ歓迎だが、真っ黒となると始末が悪い。そこはもちろん食べられないし、上のほうまで焦げ臭くなっていて閉口する。なにより飯盒へのダメージが馬鹿にならず、先輩方に「共同責任」と言い渡され、泣く泣く飯盒をタワシで擦《こす》り続けたこともある。当時は、なんで私まで……と思ったけれど、今考えれば、千晶がちゃんと見ていれば防げた失敗に違いない。

なにせあの後輩は、サークルに入ってきたばかりで、これまでキャンプはおろか、家でも料理なんて一切したことがないと言っていた。沸いたかどうかの判断を鵜呑《うの》みにするほうが間違っていたのだ。

丸顔で目も大きくてくりくり、性格的にも少々幼く、放っておけないタイプの男の子だった。女性の先輩方は、かわいがるあまりほとんどなにもやらせず、心配したサークル長があえて千晶のグループに入れてきた。当時の千晶は自分が楽しむことに一生懸命だったから、後輩の男の子をかまい倒したりしないはず、と考えたらしいが、さすがに、飯盒が黒焦げになるまで放置するとは思っていなかったに違いない。

その事件のあと、千晶は自分のことだけではなく、後輩たちの面倒も見るようになった。後処理に苦労するより、そんな羽目に陥らないよう気を配るほうが利口だと学んだのだから、サークル長の采配は妥当だったようだ。

——そういえばあの後輩、嵯峨君に似てたな……

思い出にふけっていた千晶の頭に、ふと嵯峨の顔が浮かんだ。ちょうどごはんが炊きあがったので、メスティンをひっくり返しつつ、その後の嵯峨を想像してみる。

——いい眼鏡があったかな……。すぐに使い始めれば、来週末のセールのころには慣れてるだろうし……

売場に立つ嵯峨をちょっと見てみたい気になる。童顔とはいえ、かなり整った顔立ちだし、眼鏡はきりっとした印象を与えてくれる。婦人服売場なら、彼を目当てに訪れる客が増えそうな気さえする。

——どうせアパートの近くだし、帰りに寄って見に行ってみようかな……って、だめだ、こんなに煙臭くちゃ、お店に入れっこない。

キャンプも焚き火も大好きだし、燻《いぶ》されまくった衣類の臭いだってまったく嫌いじゃない。だが、それはあくまでも千晶自身の話だ。煙臭いやつが隣に来たら、眉を顰める人のほうが多いに違いない。

このキャンプ場の入浴施設は予約制で、千晶が気づいたときにはもう満員になっていた。

季節は夏に向かっている。これから先は、何かするたびに汗が噴き出すことだろう。次は、シャワーかお風呂の予約もちゃんとしよう、と思いつつ、千晶は鍋の中を確かめる。ポトフはニンジンもタマネギもしっかり煮え、ジャガイモもほっこり……塩豚の焦げ目が『さあ食べて！』と誘っている。

もうすぐごはんが蒸らし終わる。炊き立てごはんと塩豚ポトフの夕食の始まりだった。

Solo Camping!

第四話

やぶれかぶれ
キャンプ

小枝がパチリ……と音を立てた。

今日は薪《まき》や炭ではなく、そこらで拾った枝で火を熾《おこ》したので、残っていた水分が爆《は》ぜたのだろう。

火そのものを眺めることはもちろん、この音には本当に癒される。たくさん薪や炭を入れているわけではないから、拍手みたいに連続して音が聞こえることはない。火の中で枝が爆ぜるのはほんの一瞬、しかもかなり微《かす》かな音しか立てない。けれど、それを聞き漏らさない静けさこそが、今の千晶が求めるものなのだ。

夜空に勢いよく雲が広がっていく。瞬《また》く星も、もう少しすればすべて覆い隠されてしまうだろう。

願わくは、あの雲がこの小枝程度の水分しか含んでいませんように。含んだ水分を放出するにしても、せめて夜を終えてからでありますように……

そんなことを祈りながら、焚《た》き火にまた一本小枝をくべる。気分はまるで、護摩《ごま》を焚く修行僧だ。

どれほど修行を積めば、雨を止められるのか。そもそもそんなことが、人間に可能なのか。人工降雨機なら壊してしまえば止められるけれど、天然の雲では止めようがない。無駄なあがきはやめ、さっさと食事を済ませてテントに入ろう。このテントなら多少の雨は防いでくれる。土砂降りだって、短い時間なら大丈夫なはず……そう信じるしかない。

キャンプ場まで車で来ていれば、万が一の時には逃げ込める。上司の鷹野もそう言っていた。けれど、今日に限ってその車がない。家からここまで自転車で来たからだ。

昨夜はなかなか眠りにつけず、明け方まで寝返りを繰り返したあと、なんとか数時間眠った。

目が覚めて、カーテンの隙間から外を窺うと青い空が見えた。足りない眠りを補うために二度寝したい気持ちと、今起きなければ貴重な休日が無駄になるという気持ちの間で悩んだ末に、布団から身体を引きはがすように起き出した。

とにかくなにかしなければ……という思いからキャンプ場の予約サイトを開き、当日にもかかわらずひとつだけ空いていた枠に予約を入れた。

そして思い出したのだ。珍しく父と母の予定が重なり、両方が車を必要としていたために、昨日から母に愛車を貸していることを……

そんなことすら忘れていたのか、と啞然《あぜん》としたが、車は日中に母が取りに来て乗っていった。自分で届けなかったから、記憶に残らなかったのだろう。やらかしたな……と思いつつ予約のキャンセルを試みるも、当日キャンセルは五十パーセントのキャンセル料がかかるらしい。

ほんの数分前に予約したばかりなのに……と思ったけれど、当日キャンセルには違いない。地図アプリで調べたところ、自転車で行けなくもない距離だった。幸い千晶の自転車は、以前通勤用に使っていたクロスバイクで、かなりの距離でも楽々走れる。やらずに後悔よりやって後悔、なんて無理やり自分を前向きにして、自転車で出かけることにした。

とはいえ、『やって後悔』の到来は思ったよりも遥《はる》かに早かった。

千晶のクロスバイクは、スムーズな走行が持ち味だけに、最低限の装備しかない。なんとかリアキャリアは付いているものの、とても幅が狭く、テントと寝袋をくりつけるだけで精一杯。むしろ、よく積めたものだと感心したぐらいだ。当然、それ以外の荷物は積めず、やむなくリュックに詰め込んで背負ってきた。

千晶のアパートから初めて配属になった店舗までは自転車で十五分だった。休日はもっぱら車で移動していたし、たまに自転車に乗ることがあっても車を使うほどではない短距離ばかりで、二時間もペダルをこぎ続けたことなどなかった。

慣れない長時間サイクリングで足はぱんぱんだし、リュックの重さで背中も痛い。汗もしっかり掻《か》いたから、汗疹《あせも》ができるかもしれない。おまけにキャンプ場に着いたときには、すでに午後三時を過ぎていた。これでは、いつものようにあたりを散策はおろか、休憩がてら一寝入りする暇もない。心身の疲れを癒すどころか、『疲れのお代わり、しかも大盛』状態である。

自転車を止め、荷台からテントと寝袋を下ろしながら心の中で呟《つぶや》く。

――うん、わかってた……キャンプ場に来るだけでへとへとになるって……

それでも来ずにいられなかった。静けさの中で火を眺めたい。昨日見た女性の憎々しげな表情も、投げつけられた言葉も、それらに打ちのめされてしまった自分の不甲斐《ふがい》なさも忘れ去りたい。ただその一心だった。

思えば、学生時代はずっとこんなふうだった。嫌なことがあるたびに、キャンプに来て炎を見る。時にはキャンプ仲間たちとすら意見が合わず、みんなが寝静まったあと、こっそり小さな火を熾して眺めていた。

熱湯で消毒するように、炎は心を浄化してくれた。実際に身を焼くことなく、ただ見ているだけで気持ちを落ち着かせ、困難に立ち向かう力をくれたのだ。

キャンプから離れてすぐのころは、本当に辛かった。何度ギアを譲った友人や後輩のところに行って、取り戻そうと思ったことか。さすがに恥ずかしいし、かといってすべ

て を揃《そろ》え直すお金もなかった。結局、我慢しているうちに焚き火を見ることがない生活に慣れ、意見の相違があっても考え方は人それぞれだと思えるようになった。成長したのだと信じていた。

けれど、キャンプを再開した今、はっきりとわかる。私は今なお、こんなにも焚き火――炎を必要としている。成長したなんて、ただの勘違いだった。そんな自分が情けなくて涙が滲《にじ》みそうになった。

徐々に落ちてくる太陽の高さを睨《にら》みつつテントを張り、焚き火グリルをセットする。もちろん炭も薪も、鉈《なた》すら持っていない。近くに落ちていた小枝を集め、やっとのことで火をつけた。

それが、ほんの五分前のことである。

――そこまで大急ぎで燃えなくてもいいんだよ……

焚き火にそんなことを語りかける。

小枝はあっという間に燃え尽きる。火力が弱く、安定もしない。煮るにも焼くにも大して役に立たない。それでも小枝をくべ続ける。ただただ火を見つめ、小枝が足りなくなってまた集めに行く。それを繰り返しているうちに時は過ぎ、気がつけばあたりは暗くなり始めていた。

時刻は午後七時、食欲は全くないが、空腹感はある。明日もまた大荷物を背負って自転車で帰らなければならない。さすがになにか食べなければ……とリュックを探る。

とはいえ、ろくな食材が入っていないことはわかっている。

急いで家を出たし、途中で買い物をしようにもこれ以上荷物は持てない。なにより、テントや寝袋を自転車の荷台にくくりつけたまま店に入るのが不安だった。いっそ食材なんて持たずに行こうか、一日ぐらい食べなくても死んだりしない、と思ったが、なけなしの理性に阻まれ、適当にリュックの隙間に詰め込んだ記憶だけはある。ただ、なにを入れたかは定かではない。

薪や炭なんて持てってこない。いつものように料理する気力すらない。

基本中の基本である炊飯すら、米や水を計るのが面倒だし、炊けたあとタオルにくるんでひっくり返して蒸らして……とか考えただけでうんざりだ。いつもなら嬉々《きき》としてこなすひとつひとつが、億劫《おっくう》でしかない。

せっかくキャンプに来たというのに、気分が浮き立つどころか、肩を落として焚き火を眺めている。そもそも悪天候が予想される状態で、車もないのにやってきたことからしておかしい。

すべての原因は、とある女性にあった。

『あんたはいいわね！　そこらをふらふら歩き回って、適当に出しただけの意見でもちゃんと取り上げてもらえて。どうせ、給料だってたくさんもらってるんでしょ！』

耳の奥から、しわがれた声が聞こえてくる。

声の主は五十代後半、千晶から見れば母親かそれ以上の年齢の女性だった。

分別というものが備わってしかるべきだというのに、面と向かってそんな言葉を吐くなんて、あり得ない。

せめて陰口だったらよかったのに、とすら思った。

陰口ならば本人の耳に届かないこともある。常識的な人間ならわざわざ悪口を本人に知らせたりしないはずだ。言われたことを知らずに済んだかもしれない可能性に救われるというのも、ひとつの真実ではないか。

さらに、陰口を言う人間が大好き、という人は少ないだろう。聞かされた人は、陰口の対象者よりも、陰口を叩く人間の評価を下げがちだ。

存分に陰口を叩け、そうやって周りみんなから嫌われてしまえ、と願うほど、腸《はらわた》が煮えくり返っていた。同時に、わざわざそんなことを願わなくても、とっくに嫌われているはずだ、とも……

それでも同じ土俵に降りちゃ負けだ、という一心で「お先に」と言って帰る彼女に、無理やり作った笑顔を向けた。心の中では『くたばれ！』という声が響き渡っていた。

あんなことは初めてだ。あの野々村花恵にすら、うんざりはしてもここまでの怒りをかき立てられたことはない。千晶をこんな心境に陥れたのはただひとり、本多瑠璃子《ほんだるりこ》のみだった。

千晶が初めて瑠璃子と会ったのは五月の半ば、先月のことだ。商品開発部が入っているビルから一番近い店舗の家電売場でのことだった。退勤後、自宅用の電気ポットを買いに行った際に接客してくれたのが瑠璃子だったのだ。

電気ポットなんて、お湯さえ沸かせればいい。目茶苦茶速く沸かなくてもかまわないし、聞いたことのないブランドだって平気。とにかく一番安いものにしよう、と思っていた千晶に、瑠璃子は電気ケトルをすすめた。

今時、電気ポットを使う人なんていない。電気ケトルならあっという間に沸くし、必要なときに必要なだけ沸かせばいい。最後は『保温機能なんて電気の無駄遣い、エコじゃない』とまで……

だったらなぜ売場に並べてあるのよ！と食ってかかりたくなったが、相手は同じ会社に勤める人間だ。この先どこで顔を合わせるかわからないし、何かの間違いで一緒に働くことになるかもしれない。あちらは千晶を一般客、しかも若くてなにも知らないと思っているようだが、事を荒立てていいことはひとつもない。

ところが、とにかく電気ポットがほしいと言う千晶に、彼女はさらに煽《あお》るように言った。

「電気ポットは現品だけで、在庫はないわ。滅多に出ないから」

「じゃあ……取り寄せてください」

もしも千晶が『五木ホールディングス』の社員でなければ、とっくにネット通販に較《くら》替《が》えしていただろう。少しでも自社の売上げに協力したい、と口にした言葉に、返ってきたのは、さらに啞然とする答えだった。

「メーカーにも在庫がないかも。それよりこっちにしなさいよ。一流メーカーだし、カップ一杯五十秒、水をいっぱいまでいれても五分とかからないのよ。本当にあっという間！」

これだけ確信を持って言われたら、ついつい電気ケトルにしてしまう人も多いだろうな、と思う。

けれど、その時点で千晶は半ば意地になっていた。この人の思惑通りには進めたくない。なにがなんでも電気ポットを買うつもりだった。

「ごめんなさい。私、実家から出てひとり暮らししてるんですけど、仕事とかでけっこうばたばたしてて、なかなか親に電話もできないんですよ。私はカップ麺ぐらいなら三分で食べ終わるし、五分間お湯が沸くのを待つぐらいなら、さっさと食べて母に連絡したほうがいいかなーって」

「お湯が沸くのを待つ間に電話すればいいんじゃない？」

「そうしたいのは山々ですけど、母はすごく喜んでくれるし、私も母と話すのは楽しくて、ついつい長くなっちゃうんです。お湯が沸いたのがわかってても電話が切れなくて、また沸かし直しになったらエコじゃないでしょ？　もしかしたら、もうお昼なんて食べなくていいやとか……」

そしたらまた母に叱られちゃう、と苦笑してみせる。これにはさすがに瑠璃子も、返す言葉がなかったらしい。

「そう……それなら電気ポットのほうがいいかもしれないわね。ちょっと待ってて」

そこで瑠璃子はベルトに下げていた電子端末でなにかを調べ始めた。数分のち、ほっとしたように言う。

「メーカーに在庫があるから、今発注しておけば明日には届くわ。取り寄せしましょうか？」

「お願いします」

かくして千晶は無事、電気ポットをゲットした。

当面必要な家電製品はないし、彼女のいる売場に行くことはないだろう。万が一、故障して買い換えが必要になった場合は、職場ではなく自宅の最寄り店舗で買おう、と思った。千晶にとって瑠璃子はそれほど相性の悪そうな相手だったのだ。

ところが、それから一ヶ月も経たないうちに、千晶は瑠璃子に再会した。それが昨日のことだ。

しかも自分から話を切り上げて去ることもできない状況、つまり千晶が働いているビルに現れたのである。

「あら、あんたうちの会社の人だったのね！」

勢いよくドアを開けて入ってきた瑠璃子は、千晶の顔を見るなり喜色満面となった。

働いているビルとは言っても商品開発部そのものではない。商品開発部の一階下にある健診センターでのことで、商品開発部員や近場の店舗の従業員は、毎年そこで健康診断を受けることになっていた。

「こんなところで会うなんて、よっぽど縁があるのね」

瑠璃子は嬉しそうに言ったあと、千晶から離れなくなった。

続けて受付をしたため、身長や体重の測定に始まって、視力聴力肺活量、胸部X線にバリウムを使った胃の検査まで、前後して検査を受けることになってしまったのだ。

その日に限って受診者は多く、待ち時間が長い。その間中、千晶は瑠璃子の一方的なおしゃべりを聞き続ける羽目に陥ってしまった。

本多瑠璃子は現在五十六歳、『ＩＴＳＵＫＩ』の家電売場に勤めるパート社員である。とは言っても、最初からパート社員だったわけではない。二十二歳のときに『五木ホールディングス』の前身である『株式会社五木』に入社したあと、三十二歳まで働いて寿退社、そこから十五年ほど専業主婦を続け、子どももふたり授かり、下の子が中学に入学したのを機にパート社員として再入社したという。

彼女が再就職を志したのは今から十年前、不況のせいもあってなかなか仕事が見つからず、業種によっては人手不足の分野もあるにはあったが、家から遠かったり、経験不足だったり、本人がやりたくない仕事だったりで、うまくいかなかったらしい。

そんなとき、家の近所に『ＩＴＳＵＫＩ』の新店舗ができることになった。新店舗なら従業員をたくさん採用するはず、と応募した結果、無事に採用された。なにせ瑠璃子には十年間社員として勤めた過去がある。『ＩＴＳＵＫＩ』の従業員としての基本は備わっているだろうし、販売士の資格も取得していた。新店舗を立ち上げるときは、未経験者を大量に採用することが多く、教育が大変ということで、経験を買われたのだろう。

そんなこんなで、瑠璃子は再び『ＩＴＳＵＫＩ』の販売員となった。巨大かつ強固すぎる『昔取った杵柄《きねづか》』とともに……

というような話を、瑠璃子は延々と続けた。それでもまだ、彼女が身の上を語っているうちはよかった。まずいと思ったのは、あらかた自分について語り尽くしたあと、千晶自身について訊《き》き始めたときだ。

自分であれこれ訊いておきながら、どんどん不快そうな顔色になっていく。どうやら、千晶の仕事がお気に召さないらしい。はたから見れば、かなり楽そうな仕事に思えるのだろう。

案の定、瑠璃子は強い口調で言った。

「じゃあ、あんたは商品開発部なのに実際に商品を作りもせず、あっちこっちをうろうろしてるだけなの？　しかも社員？　それでよく高い給料をもらえるもんだね！　いったい、この会社はどうなってるのよ⁉」

廊下の長椅子に座ったまま、瑠璃子は吐き捨てた。そして、勢い余ったのか、同僚たちまで罵り始めたのだ。

私には豊富な経験があって、いろいろなことがわかっているのに、ろくに取り合ってもらえない。もっと私の話を聞いて、私の指示に従うべきだ。時給だって全然納得いかない。言外に……いや、かなりはっきりと、私は今以上に評価され、尊敬されるべき人間だ、と表明していた。

瑠璃子は、千晶を睨み付けるように言った。

「この間、同じ売場の人に最近ちっとも時給が上がらない、って話をしたの。そしたらその人、『え、この間上がりましたよ？』って言うじゃない。しかも、『毎年同じぐらいの時期に上がってますよ』って……。あたしなんてここ三年は変わってないのに！」

「……それは、あの……本多さんが、パート社員さんの時給の上限に達してるとかでは？」

なんとか落ち着いてもらおうと発した言葉に、さらに瑠璃子は激高した。

「そんなはずない！　だって、同僚を問い詰めたら、あっちの時給のほうが高かったんだよ！　しかも、五十円も！　二年前に入ったばっかり、今まで販売の仕事なんてしたこともなかったたって人がだよ！」

同僚を問い詰めて時給を聞き出す。それだけで、評価とか尊敬の対象から外されかねない行為ではないか。少なくとも千晶なら、『近づきたくない人リスト』の筆頭に入れるだろう。

だが、本人はそんなことはまったく思っていないらしく、今度は同僚の仕事ぶりそのものについて文句を連ね始めた。

「出てきたと思ったらまず掃除。それも、わざわざ並んでる商品をどけて、下とか裏とか……週に一度とかならまだしも、出勤するたびだよ。客からなんて見えっこない場所なのに。それに、いちいち商品と値札があってるか確かめて、ちょっとでも違ってるようなら大慌てで値札を取り替えて、あたしに文句まで言う。あれだけたくさん商品が並んでるんだよ？　大きなセールのあと、ひとつやふたつは値札を戻し忘れることぐらいあるじゃないか。鬼の首を取ったみたいに言うことない！」

「値札と実際の値段が違ったら困るのでは？」

「ＰＯＳってものがあるんだから、レジに行けば正しい値段がでるじゃないのさ」

「でも思ったよりも高かったら、買うのをやめてしまうお客さまがいらっしゃるのでは？」

「セールだからって小型家電は何千円も値下げしたりしない。レジまで来て、数百円高かったからって『いりません』なんて言える客は滅多にいないよ」

思わず、そういうことじゃないでしょ！と怒鳴りたくなった。

客から見えない場所だからといって掃除を手抜きするのも、たとえ数百円でも実際と違う値札をつけ続けるのもあり得ない。ましてや、レジまで来て断れる客はいないからなんて、まるで詐欺みたいだ。そんな考え方では時給が上がらなくて当然だ。おそらく、彼女の同僚や上司は、こんな人と働くなんて大変すぎる、まるで罰ゲームだとでも思っているに違いない。

瑠璃子は売場の役に立ちそうなアイデアを何度も提案しているのに、検討すらしてもらえないと言う。だが、掃除はおざなり、正しい値札すらつけないような人の言うことなんて、まともに取り合う気にはなれないだろう。たとえ画期的なアイデアだったとしても、それより先にやるべきことがあるでしょう、と言いたくなるに決まっている。

その上、実際に聞いてみたアイデアは、どう考えても実現不可能か、過去にやってみたもののうまくいかなかったものばかりだった。

きっと聞いた同僚も、それは難しいです、とか、前に駄目だったみたいですよ、ぐらいは告げたのだろう。けれど、口達者な彼女のことだから、やってみなければわからないとか、そのときと今では状況が違う、などと反論したに決まっている。

検査に呼ばれるたびに話は途切れた。それでも、戻ってくるなり続きが始まる。結局、最初から最後まで二時間近く、千晶は瑠璃子につきまとわれることになった。

そして彼女は去った。あの、給料泥棒と言わんばかりの台詞《せりふ》を残して……

『商品開発部なのに実際に商品を作りもせず、あっちこっちをうろうろしてるだけ』

『それでよく高い給料をもらえる』

とんでもない罵詈雑言《ばりぞうごん》だ。

実際に商品を作ることが、いかに大変かぐらいわかっている。調理法はもちろん、食材の種類や量、調理温度までほんの少し変わるだけで、まったく違うものになってしまう。おまけにこれまで生み出された商品は数えきれないほどある。すべてをうまく組み合わせ『売れる』商品を作り上げるのは、至難の業《わざ》なのだ。

けれど、実際に作業をする人間だけいれば商品が完成するわけではない。誰がどんな場面で食べるのか。大人なのか子どもなのか、朝なのか昼なのか夜なのか。地域によって好まれる味や素材が違うことだってある。もちろん、近隣で同じような商品が売られていては魅力半減だ。

そういったリサーチなしに、新商品の開発などできない。確かなリサーチを元にアイデアを出す人間と製作作業をする人間がいて、初めて優れた商品が完成するのだ。千品は製作に携わることはないにしても、それに至る調査・発案という大事な役割を果たしている。

時間があれば日本だけではなく海外の名産品について調べたり、グルメ情報を集めたりしている。これぞと思うものが見つかれば、実際に店に足を運ぶことも多い。転属になって三年過ぎたが、未だ能力も経験も足りないのは百も承知だ。それでも、正面から給料泥棒扱いされて平然としていられるほど、仕事をないがしろにはしていなかった。

検診を終えたあとは、まっすぐに帰宅した。もともとそういう予定になっていたのは幸いだった。

明日、明後日は休日だ。瑠璃子に会うまでは、健診が終わったら買い物をして、食事も外で済ませたっていいと思っていたが、この状態で外をフラフラするとろくなことにならない。変なものを買い込み、我に返って落ち込む未来しか見えなかった。

帰宅後、どうしようもない虚《むな》しさに襲われ、食事もせずにベッドに潜り込んだ。一晩寝れば、少しは気持ちも明るくなるだろうと思ったのに、眠りは浅く、変な夢ばかりみて、疲労感は増すばかり。翌朝、最後の手段とキャンプに出かけることにした——それが今の千品だった。

パチン……とまた小枝が泣く。千晶の心も泣いている。

それでも、しばらく橙色《だいだいいろ》の炎を眺めているうちに、とにかく食べなければ、と思うぐらいには気力を取り戻した。恐るべき焚き火の癒し効果である。

ランタンは百均で買った一番小さいものしかない。しかも電池を入れ替えた記憶がないから、途中でつかなくなる可能性もある。夜に備えて温存するしかない、と焚き火の弱々しい明かりを頼りに探ったリュックから、一番に出てきたのはインスタントラーメンだった。オレンジ色のパッケージにレモンイエローのひよこがあしらわれている。

普段ならこのひよこを見るだけでほっこり笑ってしまうのだが、今はそんな気になれない。

あんたはいいよね、毎日楽しそうで……なんて虚しく嗤《わら》いながら、袋ごとひよこを握りつぶす。

軽くて壊れやすいからと上のほうに入れたのだろうが、ぎゅうぎゅう詰めだった上に背中で盛大に揺すられたせいで、麺がかなり崩れている。それならいっそ全部崩してしまえ、というのと、乾いた麺を力任せに崩すとかなりすっきりする、の両方の気持ちからだった。

ぐちゃぐちゃに揉み潰されても、ひよこは迷惑な顔すらせず、ただにこにこと笑っている。さすがは日本屈指の人気ひよこだと感心するが、とてもじゃないが真似《まね》はできない。

アウトドアクッカーセットの一番小さい鍋に半分ほど水を入れる。ささやかな焚き火でも、これぐらいなら沸くだろうというぎりぎりの量だ。インスタントラーメンを一袋全部作るには足りないのはわかっている。そもそも丸ごとでは麺すら入りきらない。だからこそ粉砕したのだ。

永遠かよ……と思いたくなるほどの時を経て、なんとか湯が沸いた。袋を開け、砕いた麺を小鍋に入れていく。

少し入れてはかき回し、スープの色を確かめてまた少し足す。見慣れた色のスープになるまでに三分の二ほどの麺が入り、けっこういけるもんだな……なんてひとり頷《うなず》く。

理科の実験みたいな作り方をしているうちに、日はとっぷりと暮れた。

少なくとも焚き火の明かりで食事、というシチュエーションだけは調ったな、と小さな満足を得て、小鍋を火から下ろしばらばらになった麺をスプーンで掬《すく》う。

──うーん……最初に入れた麺はグニャグニャで、最後に入れたものはパリパリ。でもまあ、味そのものは間違いない。一度に様々な食感が楽しめるラーメンってことで……

大した時間もかからずに、小鍋は空になった。しかも、温かいラーメンが胃に入ったことで、予想外の食欲が湧いてきた。空腹感が食欲に繋《つな》がったことを喜びつつ、さらにリュックを探る。

ラーメンを食べている途中で、缶詰をいくつか入れたことを思い出した。

ギア類だけでも大変なのに、さらに缶詰なんて重いものを入れるから背中が痛くなるのだ、と言われそうだが、これまでは荷物を運ぶのはせいぜい車からキャンプサイトまでだった。多少遠くても分けて運べばいいだけの話だし、リュックを背負ったまま二時間もサイクリングすることの大変さなど、考えもしなかったのだ。

いずれにしても持ってきてしまった以上、食べるしかない。ギア類を捨てるなんてもってのほかなのだから、食材だけでも減らさないと帰りも同じ重さに泣くことになる。

――確かこのあたりに……あった！　え、こんなものまで？

まず探り当てたのは醬油《しょうゆ》味の焼き鳥缶、さらにコーン缶、そこまではまだわかる。だが、続いて出てきた缶には頭を抱えた。それは赤紫色の缶詰、実家にいたときですら滅多に見なかった茹《ゆ》で小豆《あずき》缶だった。いつだったか、インターネットに災害時には甘いものが貴重とすすめられていたのを鵜《う》呑《の》みにして買った覚えがある。

焼き鳥とコーン、そして茹で小豆……。いったいこれをどうするつもりだったのだ、と荷造りしたときの自分を問い詰めたくなる。だが、答えはわかっている。なにも考えていなかった、あったから入れた、ただそれだけだ。

とりあえず焼き鳥はいいとして、コーンと茹で小豆をどうしたものか。ほかになにか入れなかったか、とさらにリュックに手を突っ込む。しばらくごそごそかき回し、探り当てたパッケージの感触に千晶は歓声を上げた。

「天才じゃん！」

ほんの少し冷たく、缶詰ほどではないにしても重みを感じるパッケージ。少し柔らかい感触の主は、餃子《ギョーザ》の皮だった。

二週間ほど前に半額になっていた餃子の皮を買い、そのうち作ろうと思って冷凍庫に放り込んだ記憶がある。餃子の皮は主食代わりになるし、移動しているうちに解凍されていい案配だ。これがあれば、焼き鳥とコーンを包んで焼ける。しかも本日の焚き火は大変弱火で、ゆっくり焼くのにもってこいだ。心ここにあらずの状態にしては上出来だった。

焼き鳥とコーンの缶を開け、空になった小鍋に放り込む。ただしコーンは半分だけ。全部使い切りたいところだが、それでは焼き鳥に比べて多すぎる。残りはまたなにか考えるしかない。

ちなみに小鍋は洗ってないが、スープまでほとんど飲み干したし、多少しずくが残っていたにしても合わない味ではないだろう。

隠し味上等、とぐいぐい混ぜ合わせ、スプーンで掬って餃子の皮にのせる。シェラカップに少しだけ水を注ぎ、指を湿らせて皮を閉じる。控えめに具を入れればきれいな襞《ひだ》が作れることはわかっているが、今は使い切ることのほうが大事、とばかりに思いっきり詰め込んだ。

襞などひとつも作れず、形としては餃子っぽい半円形のなにか。それでも弱火でじっくり焼いた『なにか』はほんのり小麦色、具からしみ出した醤油の焦げた匂いがなんとも言えない。

これは茹でてもいけるかもしれない、と思いながら齧《かじ》ってみた。次の瞬間、すぐさま前言撤回、これは焼くに限るという結論に至る。なにせ薄い餃子をゆっくり焼いたことで、皮は揚げ餃子みたいにパリパリになっている。茹でただけのコーンも、焼き鳥缶の醤油に助けられてちょうどいい味加減だ。誰がなんと言おうとこれは『焼き』、もしくは『揚げ』にすべき、そして、この熱に舌を焼かれるのを防ぐために、なにか飲み物が必要だった。

缶詰を混ぜて包んで焼いただけとはいえ、料理は料理だ。料理ができるならもう大丈夫、とばかりにプルタブに指をかける。とは言っても、茹で小豆ではない。黒地に黄色いレモンがあしらわれた缶だ。今回、キャンプの準備をするにあたって、唯一意識的に入れてきた缶酎ハイだった。

きーんと冷えた、なんて表現できる状態ではない。はっきり言って生ぬるい。クーラーバッグを持ってこなかったのだから当然だが、普段の千晶ならまず手を付けない代物だ。それでも、体温より低いだけで上等だし、今回のキャンプにはいつも以上にアルコールが欠かせない。アルコール含有量を表す『9％』という文字が、千晶のやさぐれ具合を表していた。

レモン酎ハイをゴクリと呑《の》んで、深いため息をつく。

頭に浮かぶのは、瑠璃子のことばかりだ。

おそらく彼女は、生まれついての文句屋なのだろう。ある意味かわいそうな人でもある。

彼女はさんざん同僚の悪口を言っていたが、せいぜい自分よりうんと若く、扱いやすそうな人間に時給を問い詰めるのが関の山。さすがに、自分の時給を上げてくれなんて直談判《じかだんぱん》はできなかったのだろう。それができるぐらいなら、千晶を罵ることなどなかったはずだ。普段関わりのない千晶だからこそ、八つ当たり的な台詞をぶつけられた。今はそう考えるしかなかった。

焚き火がゆらゆらと揺れている。

餃子みたいな『なにか』を食べては缶酎ハイを呑む。それでも両方がなくなるころには、気持ちがかなり前向きになってきた。

あれほど腹が立ったのは、心のどこかに今の自分はちゃんとしていないという気持ちがあって、図星を指されたような気になったからではないか。

最近は、休みのことばかりが気になる。どうかすると、目の前の仕事よりも週末の天気ばかり調べているほどだ。気晴らしのために始めたキャンプが、仕事の妨げになるなんて論外だ。

――あの人、私に当たることで、少しはすっきりしたのかな……。でも、次に会ったときにはあんなふうに言われても平気でいられるぐらい、しっかり仕事をしよう。仕事だけじゃなくて遊びも。

はい終わり、とばかりに空いた缶を握りつぶす。

パキッという音を聞くと同時に、頬に冷たいものを感じた。

「ヤバッ！　降ってきちゃった！」

見上げた空は雲に覆われ、月も星も欠片《かけら》すら見えない。そして、一粒、二粒と遠慮がちに始まった雨は、あっという間に土砂降りに変わった。

食べ終わっていたのは不幸中の幸い、とそこらにあったギア類を片っ端からテントに放り込む。

ひとり用のテントだったら、とてもじゃないがこんなことはできない。ギアに場所を取られて寝る場所がなくなり、膝を抱えて朝を迎えることになっただろう。

つくづくふたり用でよかった、と鷹野夫妻に感謝しながらランタンのスイッチをひねり、放り込んだギアを片付ける。一気に降ってきたから濡《ぬ》れたものも多いとはいえ、寝袋はもともとテントの中に入れてあったから被害はない。

焚き火グリルだけは外に放置してあるが、そこらに落ちている小枝はもれなくびしょ濡れで、朝になっても火はつけられそうにない。それなら燃え残った火を天然のスプリンクラーで消してもらうほうがいい。問題は朝ごはんだが、さっき缶詰を探したときに固形燃料が入っているのを見つけたからあれでなんとかなるはずだ。

降りしきる雨の中、少しだけ開けたテントの入り口から消えていく火を眺める。

もともと大きな焚き火ではなかったから火はすぐに消えた。念には念をいれ、白く上っていた煙がなくなるまで見守る。上る煙どころか、あたりから煙の匂いまですっかり消えても雨はやまない。これなら消えたはずの火が再燃なんてことにはならない、と安心し、テントの入り口を閉めた。

——あとはもう寝るしかないか……。ここまで土砂降りの中で寝るのって初めてだけど、雨の音って案外気持ちいい……

マイナス十八度でも大丈夫という安心安全の寝袋に潜り込む。頭まですっぽり覆うマミー型なので『守られている感』が嬉しいものの、すぐに暑くなってしまった。やむなく中程までファスナーを開け、温まりすぎた空気を逃す。

大は小を兼ねるというが、温度の場合は当てはまらない。夏のキャンプに冬山登山向きのマミー型寝袋は、過ぎたるは及ばざるがごとし、だった。ただ、テントと一緒に自転車の荷台にくくりつけられたのは、コンパクトなマミー型の寝袋だったからこそ。嵩《かさ》張《ば》る封筒型では難しかったに違いない。

テントを叩くザーザーという音は、どこか昔の放送終了後のテレビの音に似ている。かなりの雨だが、丈夫なフライシートと防水が効いたテント生地のお陰で雨漏りすることもなく、まわりに溝があるので床が水浸しにもならない。

実はこの溝は千晶ではない誰か、おそらく前夜にここにテントを張った人が掘ったものだ。埋め戻しはしてあったけれど、溝があったことは一目瞭然で、一も二もなくそこにテントを張った。

雲行きはどんどん怪しくなっていたし、ひどい雨になったときに、周りに溝が掘ってあるとないとでは大違いだ。最低限のギア類しかない千晶が、溝を掘るための道具を持っているはずがない、ということで、ありがたく使わせてもらうことにした。埋め戻したばかりの軟らかい土は、近くに落ちていた平たい石で簡単に掘り直すことができたのだ。

本来、このテントは屋根と床が一体化しているドーム型なのでそこまで浸水の心配はない。今は溝を掘らないキャンパーも多いらしいし、溝を掘ることが自然破壊に繋がるという考え方もある。

だが、それはあくまでも手つかずの山の中にテントを張る場合で、現在千晶がいるような整備されて区画が仕切られたキャンプ場の話ではないと千晶は思っている。なにより、学生時代にセパレートタイプのテントを使っていた千晶は、溝を掘らないとなんだか落ち着かない。降水確率ゼロパーセントでもない限り、溝は掘りたいと思う。

今回にしてもドーム型テントで掘るための道具すらない、しかも思考停止状態でやってきたにもかかわらず、溝がある場所を選んだ。つくづくテントを張るという行為が身体に染みついているんだな、と苦笑するが、それでも掘っておいてよかったと思わずにいられない降り方だった。

雨は激しくなる一方だが、テントの中ならなんとか凌《しの》げる。寒さだって感じない。昨夜あまり寝られなかった千晶は、雨音を聞きながら深い眠りに落ちていった。

「よっしゃ！」

横になったまま手を伸ばして、テントに触れる。寝ている間に雨水が染みた様子もなく、雨音もやんでいる。これなら朝食の支度もできそうだ。

万が一、火が使えなかったときのためにインスタントラーメンの残りを取っておいたが、あれをそのままばりばり齧るという羽目には陥らずに済みそうだ。とはいえ、あのひよこマークのインスタントラーメンはそのままでも十分美味《おい》しい。塩分が強すぎて喉が渇くのが困りものだけれど、それは一緒に水を飲めばいい。鍋に入れて煮立ててから食べようが、別々に食べようが、塩分と水分の摂取量は同じだ。キャンプに必要なのは、それぐらいの潔さと思い切りだと千晶は信じていた。

寝袋から這《は》い出し、靴を履く。そういえば、いつの間にかすっぽり首まで寝袋に収まっていた。山の中であることに加えて、土砂降りの雨で気温が下がって無意識に潜り込んだのだろう。

夏だというのに思いの外、寒かった。マイナス十八度対応でもなんでも、寝袋を持ってきてよかったと思いつつ外に出る。時刻はすでに八時、太陽は昇りきっている。土砂降りで洗い立ての世界、とりわけ木々の緑は目に染みるほど美しかった。

焚き火グリルに近づいて見てみると、燃え残りの小枝と灰が雨に晒《さら》されてぐちゃぐちゃになっていた。あとでもいいか、と思ったけれど、さっさと処理するに限ると思い直し、そのまま灰捨て場に持って行く。中を空にしたほうが焚き火グリルの様子も確かめやすい。熱い焚き火グリルにいきなり水をぶっかけたことになるので、変形していないか心配だったのだ。

灰を捨てたあとじっくり観察してみたが、大きなゆがみは見られなかった。これ幸いとテントのそばに戻り、雑巾代わりのタオルで拭《ぬぐ》って設置し直す。

多少は水分が残っているだろうけれど、固形燃料なら問題ない。最悪、焼き鳥の空き缶をコンロ代わりにしようかと思ったが、昨今の缶詰は直火《じかび》にかけるのを禁止されている。熱で表面加工に使われている薬品が溶け出して食品に混じる恐れがあり、うっかり食べると人体に悪影響を及ぼす可能性があるそうだ。

ストーブとして使うだけなら大丈夫かもしれないが、もしかしたら有害物質を含んだ煙が出るかもしれない。焚き火グリルで固形燃料を使うと、鍋底までの距離が遠くなって沸くのに時間がかかるが、有害物質を撒《ま》き散らすよりずっといい。

焚き火グリルに固形燃料をセットして、とりあえず水を入れた小鍋をのせる。もちろん、インスタントラーメン用である。残っているのは三分の一だけだから、一度に全部入れてしまえる。昨日のように、いろいろな食感を楽しめないのはつまらないが、簡単に作れるのはありがたい。

続いて取り出したのは茹で小豆缶だ。このままグリルにのせてしまいたい、という欲求に打ち勝って、アウトドアクッカーのフライパン型の鍋に移す。シェラカップ半分の水を足して小鍋の脇にのせ、その下にも固形燃料を置いた。

固形燃料の炎は薄青くて、朝日の中でみるとさらに頼りない。ふたつの炎を見ていると、昔はよかったなあ……とため息が出てくる。

――いつからこんなにあれこれ厳しくなったのかなあ……少なくとも、中学生ぐらいまでは、焚き火台なんて見たこともなかった。みんな拾ってきた石で竈《かまど》を作って、適当な焼き網をのっけて缶詰だってそのまま火にかけてたよね。まあ、缶詰はあのころとは仕様が全然違うから仕方ないし、やりたい放題した結果、山も川もゴミだらけになっちゃったんだけどさ……なにより、昔はこんなにキャンプに行く人はいなかったような……

青い炎を眺めつつ、千晶は記憶を遡る。

趣味はキャンプです、と胸を張って言えるようになったのはいつごろからだろう。少なくとも、千晶が子どものころは、キャンプは子ども会で夏に一度あるかないかのイベントだった。ファミリーキャンプに行く人がいないわけではなかったが、数としてはかなり少数だったと思う。なにせあのころはテントも調理道具も今より遥《はる》かに大がかりかつ高価だったし、キャンプ場自体が今ほどなかった。限られた人間の限られた趣味だったのだ。

千晶自身の初めてのキャンプは小学校四年生、やはり子ども会行事のときだった。一泊二日でキャンプ場に出かけ、飯盒《はんごう》炊さんやキャンプファイヤーを楽しんだ。暗くなってもまだ友だちと遊べるどころか一緒に寝られる。みんなで作ったごはんは美味しいし、真っ暗な中、天に届きそうなキャンプファイヤーは迫力満点だった。興奮冷めやらず、就寝時刻を過ぎてもテントの中で騒ぎ続け、叱られてもまだごそごそ……翌朝は睡眠不足でぼうっとしていた記憶がある。

そして千晶は中学入学後、ジュニアリーダーと呼ばれる子ども会活動の指導者になった。

小学校四年生から六年生まで、毎年参加した結果、千晶はすっかりキャンプの虜《とりこ》になっていた。でも、子ども会のキャンプには小学生しか参加できない。ファミリーキャンプですら一般的ではなかった時代はソロキャンプ、しかも中学生でなんて論外だった。キャンプを続けるには、ジュニアリーダーになるしかなかったのだ。

十三歳でジュニアリーダーになった千晶は中学三年で受験のために半年休んだものの、その後は高校卒業まで活動を続けた。大学に入ってからも続けてもよかったのだが、ジュニアリーダーは中高生が中心だし、大学でアウトドアサークルに入ったこともあって引退した。アウトドアサークルでの活動は二年で辞めたけれど、その間もキャンプは一般的なものではなかった。サークルメンバーとキャンプ場やギアの話で盛り上がっていると、珍しいものを見るような目を向けられたものだ。

記憶を探ってもキャンプブームの歴史についてはなにも出てこなかったので、千晶はスマホを取り出した。わからないことは極力その場で調べる、それが千晶のモットーだった。

——えーっと、第一次キャンプブームが一九九〇年代、すぐに廃れて二次ブームが二〇一〇年代前半から、か。私がサークルを辞めたのが確か二〇一三年だから、ちょうどブームとブームの間に入っちゃってたってことね。で、二次ブームは今なお続行中……

おー、『キャンプはもはやブームではなくカルチャー』か、素晴らしい！

キャンプはそこまで根付いたのか、と嬉しくなる。あのころのサークルメンバーに、頑張れ、未来は明るいぞ！と言ってやりたい気がした。

疑問は無事解決、キャンパーの未来も明るいことを確認し、千晶はスマホをポケットにしまう。

ふたつの鍋はどちらもふつふつ沸き始めている。小鍋はいいにしても、このままでは茹で小豆が焦げ付く。危ないところだった、と浅鍋をスプーンでかき回し、少し掬って味を見る。

――はい、いい感じ。あとはこれに餃子の皮を突っ込んで、ぜんざいの出来上がり！

残っていた餃子の皮をちぎって入れる。餅の代わりに団子を入れるぜんざいがあるなら、餃子の皮だっていいはずだ。色は同じだし、食感だって多少は似ている。丸めて入れればもっと似た感じになるかもしれないが、そこまでこだわることはない。

慎重にかき混ぜつつ、餃子の皮に火が通るのを待つ。数分後、無事ワンタンと餃子とぜんざいをごちゃ混ぜにしたような料理が出来上がった。食べてみると甘くて温かくてほっとする味わい。インスタントラーメンは、少々水が多かったらしくて薄めだったが、スープと思えばちょうどいい。なにより、甘さとしょっぱさを交互に味わえるのだから、こんなに素晴らしい朝食はない。

食後のコーヒーが欲しいと思ったけれど、インスタントコーヒーは見つからなかった。さすがに、無意識にインスタントコーヒーのスティックまでは入れられなかったのだろう。インスタントラーメンに三種類の缶詰、餃子の皮を詰め込めただけで上等だった。

朝食後、昨日はできなかった散歩に行くことにした。

その前に、雨で濡れたテントを乾かさねばならない。あたりを見回してもテントを広げられそうなところはない。やむなく少し離れたところに立っていた木と木の間にロープを張り、ポールを抜いたテントを引っかけた。

出発までの間に完全に乾きはしないだろうけれど、どうせ帰ったら手入れをしなければならないし、今はこれで良しとしておこう。

とりあえずポールをばらしてひとまとめにし、ほかの荷物もリュックに詰め込む。食材が減っただけなので、スペースとしては来たときと大差ないが、重量はかなり軽減した。なにより夕べはあんなに土砂降りだったというのに、びっくりするほどよく眠れた。

夜泣きする赤ん坊にテレビの放送終了後の音を聞かせる、という裏技が昔はあったそうだ。なんでも、あの砂嵐みたいな音が、母親の胎内で聞いていた血流音に似ているため、赤ちゃんが安心して眠るらしい。おそらく昨夜の土砂降りは、それと同様の効果を千晶に与えてくれたのだろう。

己の不甲斐なさに打ちひしがれ、現実逃避そのものでこのキャンプ場にやってきた。

散歩はおろか、ろくな料理もせず、ただ焚き火を見ていた。いつものようにせっせと火を育てるわけでもなく、消えそうになったら小枝を足す。あくまでも観賞用の焚き火だから、それで十分だったのだ。

テントごと丸洗いされたおかげで、気分はかなりすっきりした。

瑠璃子からは給料泥棒扱いされたけど、千晶を評価してくれる人だって少しはいる。上司の鷹野はいつだって好意的だし、花恵だって頼りにしてくれている。先日ランチのときに会った、紳士服売場でイージーオーダーを担当している嵯峨もそのひとりだ。この前のキャンプの帰りに寄ることはできなかったものの、半月ほどして嵯峨のいる店舗にプチグラタンの売れ行き調査に行った際、紳士服売場に寄ってみた。

千晶が行ったとき、紳士服売場は人影もまばらで、いるのは夫の服を買いに来たらしき女性ばかりだった。もちろん、イージーオーダースーツコーナーにも客はいない。イージーとはいえ、それなりに決めなければならないことが多いオーダースーツを本人不在で買うことはできないから当然だろう。

平日の客数にあわせて従業員数を減らすというのはよくあることだ。もしかしたら嵯峨も休んでいるのでは……と心配したが、ちゃんと出勤していて、千晶を見るなり嬉しそうに近づいてきた。

「こんにちは、榊原さん」

「こんにちは。眼鏡、買ったんだね」

「はい。どうです？　似合いますか？」

「とっても。すごく頼りがいがある感じに見え……あ、ごめん」

『見える』という表現は、内面に反してという意味を含みがちで、受け取るほうには不快かもしれない。そう思って慌てて謝る千晶に、彼は笑って答えた。

「いいんですよ。『見える』ことを狙ってかけてるんですから。同僚も褒めてくれましたし、実際にお客さんに逃げられることも減りました」

「逃げられてたの⁉」

「はい。この間はさすがに恥ずかしくて言えませんでしたけど、俺が近づこうとすると、慌ててその場を離れて、別の従業員に声をかけに行ったり……」

そこで嵯峨はあたりを見回し、ほかの従業員が近くにいないことを確かめて続けた。

「たいてい俺より年上ですけど、異業種からの中途採用とか、ほかの売場から移ってきたばかりとかで、スーツの知識はあんまりないって人ばかりだったんです。俺、本当に悔しくて……」

「なるほど。で、今はそれがなくなった、と」

「はい。近づいても逃げられないし、アドバイスを求めていただくこともあります。この間なんて、ご主人のスーツを注文されたあと、後日改めて息子さんの分も、っていらっしゃった方もいました。本当に嬉しいです」

「そうかあ……」

「息子なんだから、親父《おやじ》そっくりなのは仕方ない。むしろ同じ仕事をしてるんだから、親父みたいになりたいって素直に思えるようになりました。伊達《だて》眼鏡をすすめてくれた榊原さんのおかげです」

「決めたのは嵯峨君じゃない」

「榊原さんと話さなかったら覚悟が決まりませんでした。だから、榊原さんのおかげなんです。本当にありがとうございました」

そう言うと嵯峨は、思いっきり深いお辞儀をしてくれた。遠くにいたカジュアルコーナーの従業員が、何事かとこちらを見ている。

照れくささと恥ずかしさが入り交じり、じゃあまた、と売場をあとにしたけれど、千晶の胸は喜びで一杯だった。

――伊達眼鏡をかけるなんて、些細《ささい》な提案だし、効果は怪しいと思ったけど、実際にうまくいってるし本人も喜んでる。それが一番！

これは、千晶の本来の仕事とは関わりのないことだ。それでも、本人があれほど喜んでいるのだから、成功例のひとつと数えていいだろう。成功例を自信の礎《いしずえ》とし、自分を高め、たとえ誰かにくさされても大丈夫な心を作る。何より大事なのは、前に進もうという気持ちだ。

——気分もすっきりしたし、ちょっと一回りしてきますか……

テントが乾くのを待ちがてら、散歩に出かける。あっちでもこっちでも、雨の後始末にてんやわんやだ。週末なので家族連れが多く、子どもたちもせっせと手伝っている。家ではなにひとつ手伝おうとしない子どもであっても、キャンプとなると俄然《がぜん》張り切りだす。いつもと違うことをやってみたい気持ちから来るものだろう。

「これ、抜いていいのー?」

「今行くからちょっと待っててー!」

「待てなーい! もう抜いちゃうよ!」

元気な声でそちらに目を向けると、子どもがペグに手をかけている。テントはセパレートタイプで、そのペグにはメインポールを支えるロープが繋がれている。

——そのペグを最初に抜いたらけっこう面倒なことになるよ。まずはテントの周りのペグを抜きたまえ。テントはねえ、張ったときと逆の順番でばらすのだよ。

ジュニアリーダーだったころは、我先にテントを撤収しようとする子どもたちを押しとどめ、手順を教えたものだ。物事には順番がある。順番を守らないと、あとで大変な目に遭うのは自分だよ、と……

だが、今の千晶はキャンプの指導者ではない。通りすがりの知らないおばさんにそんなことを言われたら、子どもはびっくりするし、親だって迷惑だろう。アウトドアは大人の技量を見せつける絶好の場でもある。子どもの尊敬を得る機会を奪うことなどできない。それに、たとえ撤収の順番を間違えて雨に濡れたテントがさらに泥まみれになろうが、それはそれでいい思い出だろう。

まあ楽しんでください、と思いながら通り過ぎ、元いた場所に戻る。

テントは完璧とは言えないが、それなりに乾いたし、ギア類の荷づくりも終わっている。時刻は昼近いが、朝ごはんを食べたばかりなので、このまま帰ってもなんとかなるだろう。

テントをたたみ、隣にかけておいた寝袋を渾身《こんしん》の力で収納袋に突っ込んでクロスバイクにくくりつける。地面に残っているものはないか確かめて撤収作業は完了。直ちにリュックを背負ってクロスバイクにまたがる。

――さて、また明日から頑張りますか！　どうか、次にあの人に会ったときには、引きつった笑顔を浮かべずに済みますように。あ、でも、引きつってでもなんでも、笑顔が浮かべられるだけで偉い！

自分を褒めることも大事よね、と千晶はひとり頷く。

一泊二日――二十四時間にも満たない滞在だったけれど、焚き火と土砂降りが連れてきた熟睡のおかげで、体力も気力も回復した。

雨上がりの空はどこまでも青く、気温はまだそう高くもない。キャンプ場はぬかるんでいる場所もあるけれど、家までの道はすべて舗装されている。二時間のサイクリングも、来たときよりもずっと楽しめるに違いない。

――帰ったらまずテントの手入れだけど、もうちょっと乾かさなきゃ駄目だろうな。そうだ、いっそこのまま実家に寄ろうかな……

いつもはベランダの物干しにひっかけて風を当てているけれど、さすがに今回はしっかり干したい。実家に車を貸してあるので、駐車場は空いているにしても、道に面した場所にテントを放置するのは物騒だ。その点、実家には庭がある。塀に囲まれているので、盗難の心配もない。

両親は今日の夜にでも車を返しに来てくれると言っていたから、荷物も積んでしまえばいい。

クロスバイクも車に積めれば自分で運転して帰れて両親も助かるだろうけれど、さすがに軽自動車にそこまで望むのは無理というものだ。親孝行はまたの機会にして、身軽に帰れることを喜んでおこう。

お土産すら持たず、煙の臭いをぷんぷんさせて現れるアラサーの娘……。だが、そんなことでたじろぐような両親ではない。とりあえずシャワーを浴びなさい、とバスタオルを渡してくれるに違いない。煙も泥も洗い流し、髪を拭《ふ》きつつ台所に行くと、お昼ごはんまだでしょ?なんて振り返りもせずに言う。手元はきっと焼きそばを炒めている。

昔から日曜日の昼ごはんは麺類と決まっている。

今日のように春と夏の間、かなり夏寄りという感じの気温の日は、十中八九焼きそばなのだ。

父は父で、日曜日の定例となっている洗車をしている。ついでに、車は単なる移動道具とばかりに洗車なんて考えもしない娘の車もせっせと洗ってくれていることだろう。

ソロキャンプ、そしてひとり暮らしの自由気ままさと、家族に存分にかまってもらえる温かさの両方を、日常的に味わえる。仕事だっていいことばかりではないけれど、第三者のストレートな言葉に傷つく程度で、心を病むほどの壁にはぶつかっていない。

――私は本当に幸せだ。文句を言っては罰《ばち》が当たる。明日からまた頑張ろう!

頭の中に、カンカンカン……という軽い音が響く。母が、フライパンの底に焦げ付いた焼きそばを掻《か》き取るときの音だ。

青海苔《あおのり》と削り節をたっぷり振りかけた大皿がテーブルに運ばれてくるころには、洗車を終えた父が家に入ってくる。「お、焼きそばか、じゃあビールだな」なんて言いながら冷蔵庫を開ける。

焼きそばに紅生姜は必要か否か、必要だとすれば添えるのか、混ぜるのか……。そんなたわいもない話題とともに過ぎていく昼下がりを思い浮かべ、千晶はペダルを漕《こ》ぐ足に力を込めた。

Solo Camping!

第五話

焚き火呑みの夜

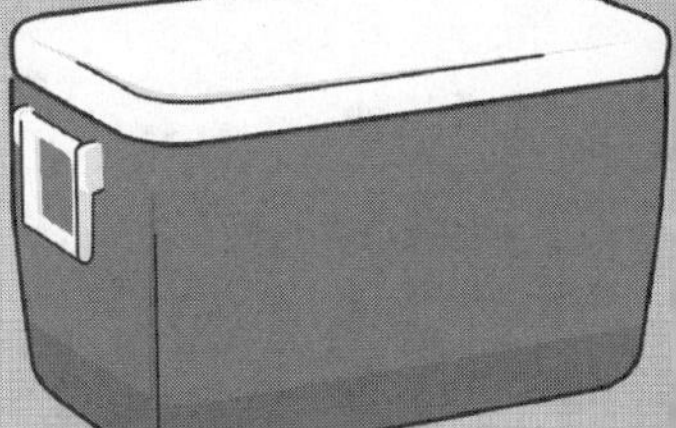

夏が来た。

これまでのように暦の上とか、梅雨の未練たっぷりの湿度を振りまきながら、ではなく本気の夏がやって来た。

支度を終え、窓から空を見上げた千晶はにんまりと笑う。

空の青さは冴《さ》え渡り、まんべんなく熱された空気のおかげか、彼方《かなた》に見える雲は近づく気配もない。おそらくこのまま消えていくことだろう。

念のために、と確かめた天気予報は、関東一円太陽マークのオンパレードで、さらに目尻は下がり口角が上がる。気温も日に日に上昇中、これからしばらくは多少雨が降っても濡《ぬ》れるそばから乾いてしまう。キャンプにおけるハイシーズンの始まりだ。

キャンプに行きたい人が増えれば、自《おの》ずと予約は取りづらくなるし、マナーを知らないキャンパーたちに眉を顰《ひそ》めるベテランもいるけれど、千晶はさほど気にしていない。

なんといっても千晶自身が再参戦組で、昔と今のマナーの違いに戸惑っている。昔のマナーを振りかざす再参戦組と、新規参戦組でなにも知らない人とで、どれほど差があるというのだろう。下手に経験があって頑固なだけ、再参戦組のほうが質《たち》が悪い気がする。

予約云々《うんぬん》にしても、設備が整っていないキャンプ場は案外空いているし、ソロキャンプ専用のサイトを設けているところも増えてきた。立地や設備にこだわらず、早めの予約を心がければ、押さえられないことはない。現に、六月初旬から頻繁に予約サイトを確かめていた千晶は、七月から八月にかけて予約を四回入れることができた。

本当はもっと入れたかったけれど、それ以上となるとさすがに身体が持たない。毎週のように出かけていた学生時代とは、体力が違う。

キャンプは楽しい。ストレスは発散され、明日への気力を高めてくれる。けれど、身体はそれなりに疲れる。特に、お楽しみが終わったあと、帰宅してギアの手入れをしていると、疲れにまとわりつかれる気がする。

こういう薄衣《うすぎぬ》みたいな疲れは本当に危険だ。自分でも気づかぬうちに重ね着して、二進《にっち》も三進《さっち》もいかなくなる。安全に長くキャンプを楽しむためにも、無理は禁物だった。

「さーて、行きますか！」

七月中旬の火曜日午前八時、千晶は元気よく家を出る。

とはいっても、いつものように徒歩で駅に向かうわけではない。今日、明日は有給休暇、向かう先は房総半島のほぼ中央に位置するオートキャンプ場である。

キャンプ場のチェックインは十二時以降となっており、家からキャンプ場までは一般道で二時間だ。いつもならせいぜい十時の出発でいいが、今回は途中で寄りたいところがあるため、この時刻に出発することにしたのだ。

テント、寝袋、小型のギア類を詰め込んだリュック、といつもどおりに車にのせ、最後に大型のクーラーボックスも積む。

前回の茫然自失《ぼうぜんじしつ》キャンプは食材があまりにも乏しかった。それでも十分美味《おい》しかったし、楽しめたのだが、さすがに二回続けては勘弁……と考えた千晶は、今回はあらゆる意味での『贅沢《ぜいたく》キャンプ』を目指すことにした。

キャンプ場もとにかくゆったり、隣のテントから賑《にぎ》やかな声が聞こえるようなところは避けた。利用人数が限られ、一区画が広い場所を探したのだ。

ただ、一区画が広いキャンプ場はやはり人気が高く、利用者数を限っている分、予約も取りづらい。千晶が見つけたキャンプ場も、週末はずっと先までいっぱいになっていた。それでも『豪華ゆったりキャンプ』を諦めきれなかった千晶は、平日利用を思いついた。

――今は商品開発部の仕事も落ち着いているし、打ち合わせの予定もない。行くなら今だ！

おそるおそる有休取得を申し出てみたところ、『当然の権利なのに、なんでそんなに遠慮してるの？』と鷹野に苦笑いされ、今回の運びとなった。

いちおう事前に予約サイトを確認してから有休を取ったが、予約状況は刻一刻と変わる。これで予約が取れなかったら目も当てられない、とはらはらしながら昼休みに確かめたところ、まだ予約は空いていて無事にソロキャンプサイトを押さえることができた。めでたく予定を確定し、この日に備えて準備を進めた。特に力を入れたのは食材で、あれもこれもと買い込んだ結果、いつも使っている小型のクーラーバッグでは収まりきらず、実家から大型のクーラーボックスを借りてきたのだ。

予告もなしに実家を訪れ、クーラーボックスを貸してくれと言った千晶に、母は怪訝《けげん》そのものの顔で、何泊するつもりかと訊《たず》ねた。

大型のクーラーボックスとくれば、普通なら人数が多いと思う。人ではなく日数が多いと判断するあたり、さすがは千晶の母である。昔ならまだしも、今の千晶には一緒にキャンプに行く仲間はいない、とわかっているに違いない。

ただし、そんな母も一泊だという答えにはさすがに驚いていた。

「もしかして、お酒を山ほど持っていく気？　ビールとか酎ハイに留《とど》まらず、ウイスキーと氷とか、きんきんに冷えた日本酒とか！　あ、日本酒なら別に冷えてる必要はないか。夏でも山の夜は冷えるから、温かいお酒も粋《いき》よね。そこらの竹を切り倒して、燗酒《かんざけ》とか最高……」

「竹でお燗といえば『かっぽ酒』だね。グッドアイデア……って竹なんて切り倒さないよ！　それにお酒だってそんなにたくさんは持っていくつもりないし」

いつもならビールか酎ハイを一缶と決めている。だが、今回は『贅沢キャンプ』である。昼酒もありだし、一缶という限定も解除するつもりだが、巨大なクーラーボックスを酒で埋める気はない。入れたいのは魚や肉のかたまり、そして牛乳、バターやチーズといった乳製品だった。

実家のクーラーボックスは、寝袋を買った会員制総合スーパーに行くときに使っているもので容量は四十五リットル、保冷持続時間も四十八時間ある。あれなら肉でも魚でもウインナーでもバターでも、上がる一方の気温にためらうことなく持って行ける。

「大は小を兼ねるって言うじゃない」

使う予定がないなら貸してほしい、と頼んだ千晶に、母はちょっと考えて言った。

「保冷剤はあるの？」

「保冷剤……そういえば小さいのしかないわ。それも貸して！」

「それはいいけど、うちにある分じゃ足りないかも」

買い物に行くときはたっぷり詰め込んで帰ってくるのが前提だし、往復と買い物をしている時間を入れても三時間前後しかかからない。従って、保冷剤は大型のものがふたつしかない、と母は言う。

「大丈夫かしら？　クーラーボックスって、きっちり詰め込まないと十分な保冷効果は発揮しないって聞いたわよ。生ものを入れるなら余計に心配だわ」

「じゃあ保冷剤を買い足そうかな……」

「そうねえ……あ、でもちょっと待って！」

そこで母は、台所に入っていった。予備の保冷剤でもあるのかと思いきや、戻ってきた母の手にあったのは、空のペットボトルだった。

「これにお水を入れて凍らせればいいでしょ」

「あーそっか、ナイスアイデア！」

隙間を保冷剤で埋めたほうがいいのはわかっているが、わざわざ買うことはない。お金がもったいないし、保管場所にも困る。ペットボトルをきれいに洗えば、解けた水は飲めるし、洗い物に使うこともできる。一石二鳥とはこのことだった。

「じゃあ、借りて行くね」

「ペットボトルは？」

「それはうちにもある。しかもたーっくさん」

「また溜《た》めてるの？　資源ゴミなんて毎週あるんだから、ちゃんと出しなさいってあれほど……」

「回収ボックスに入れればポイントになるから、まとめて持って行こうと思ってると溜まっちゃうのよ」

「あーそっちか……まあ悪いことじゃないけど、あんまり溜めすぎないようにね」

「了解」

そんなやりとりのあと、借りてきたクーラーボックスは食材と酒と凍ったペットボトルでいっぱい。明日どころか、明後日ぐらいまでなら余裕で冷やし続けてくれそうだった。

多少キャンプ場への到着が遅れたところで、食材が傷む心配はない。千晶はご機嫌で車を走らせる。京葉道路から国道四六八号に降り、その先で県道に乗り継いで走ること一時間半、着いた先は千葉県南部に位置する日帰り温泉施設だった。

——お風呂に入ってさっぱりしてからキャンプ場に向かおう。どうせテントの設営で汗は掻《か》くし、焚《た》き火で煙臭くなっちゃうけどそれはそれ。なんなら帰りにも入ればいいし、せっかく近くまで行くのに温泉スルーはあり得ない！

時刻は十時を少し過ぎたばかり。この日帰り温泉からキャンプ場までは車で二十分の距離だ。休憩所や食事処《どころ》も設けられているから、ゆっくり休んで汗が引いてから向かったとしても十二時のチェックインタイムには余裕だ。余裕どころか、三十分やそこらなら、休憩所で昼寝をしても間に合うだろう。

温泉なんていつぶりだろう、と思いながら、タオルを抱えて受付に向かう。入浴料を払って脱衣室に入り、さっさと脱いで浴室へ。少し暗めの落ち着いた内湯でかけ湯だけ済ませ、千晶はまっすぐに露天風呂に向かう。

　空は相変わらず真っ青で、気温もどんどん上がっているが、今ならまだお湯に入りたくないほどの暑さではない。なにより、せっかく露天風呂があるのに入らないなんて選択肢はない。湯船に浸かり、木々の緑や巨大な岩をじっくり観察する。

　同じような岩であっても、ひとつひとつ形も模様も違う。岩にも個性があるんだな、なんて感心しつつ、運転で凝り固まった肩をほぐす。

　露天風呂を堪能したあと、内湯に移って身体を洗い、三十分少々で入浴を終えた。実はこの日帰り温泉施設のすぐ近くに温泉宿があり、千晶も家族と何度か来ている。そこに泊まるならもっともっとのんびりするのだが、本日の宿はキャンプ場である。テントを設営したり、料理を作ったりという楽しい作業も待っている。豪華キャンプを完遂するためにも、温泉に骨抜きにされるわけにはいかなかった。

　入浴後、ビールをグッとやりたい気持ちを堪《こら》え、カレーセットを注文する。

　なんだカレーかよ、と侮ることなかれ。この食事処のカレーは、地元産の牛肉をふんだんに使った贅沢仕様でコクもたっぷり、サラダもついて栄養バランスも抜群なのだ。

　来るたびにカレーばかりを注文する千晶に、家族は、カレーなんてキャンプに行くたびに食べていただろうに、と呆《あき》れる。けれど、キャンプのカレーとこのカレーは別物、この牛肉の旨《うま》みが詰まったカレーの美味しさがわからないなんて……と気の毒になる。

スプーンで掬《すく》って口に運んでは、減っていくカレーを嘆く。できるならおかわりしたいところだが、千晶はフードファイターではない。一人前のカレーを食べれば普通にお腹はいっぱいになるし、キャンプ飯だって楽しみだ。

上等の食材を買い込んで来たのだから、おかわりして夜になってもお腹が空《す》かないようでは困る。潔く休憩所に移り、壁にもたれて足を投げ出す。スマホをいじったり、うとうとしたりしているうちに、時計の針が十一時半になった。

――休憩完了。そろそろお昼だから混み始めるし、キャンプ場に向かいますか！

湯上がりで始めるキャンプ、これぞ豪華キャンプよね、とほくそ笑み、千晶は再び車に乗り込んだ。


午後一時、テントの設営はいつもどおりスムーズに終わり、料理に関わるギア以外はテントの中に収めた。

雨は降りそうにないけれど、こうしておけば万が一の時でも安心だ。この前は自転車に積めるぐらいの荷物しか持っていなかったが、今回は違う。クーラーボックスが巨大なのだから、備えあれば憂いなしだった。

焚き火の前に座面の低い椅子を設置し、クーラーボックスを開けてみる。

――うん、小さいペットボトルがいい感じに解けてきた。夜はこれでウイスキーの水割りと洒落込《しゃれこ》みましょう。その前に、まずは……

保冷剤とペットボトルの氷をかき分け、一番底からかたまり肉を取り出す。

値札の『二五八一円』という数字に、思わず胸を張る。どうだまいったか、八百グラムのかたまり肉だ！　しかも前回のように豚ではなく牛、それも和牛なのだ。

そんな値段で八百グラムの和牛かたまり肉が買えるわけがない、という人は大正解。もちろんこれは半額シール付きの値段だ。いくら美味しいとわかっていても、本来なら一パック五千円を超える値段である。平気で買う人だっているだろうが、千晶がいつも使っているスーパーの利用者は二の足を踏むに違いない。

売場で見たとき、この肉のパックには値引きシールが重ね貼りされていた。二割引、三割引とじりじりと値を下げ、半額になっても買い手が現れなかったのだろう。盆暮れ正月といった財布の紐の緩みがちな時季、あるいは週末ならまだしも、七月中旬の月曜日では無理もない。完全に客層とタイミングを読みまちがえた結果、この牛肉は売場に残り続けた。そして、予算も潤沢、しかも有休を取得して出かけるという二重の意味での豪華キャンプを企《たくら》んだ千晶の手に収まった、というわけである。

――はい、いいお肉！　このまま切って焼いても美味しいこと間違いなし！　でもね、そんな簡単料理は豪華キャンプに相応《ふさわ》しくないのよ！

誰に言ってるんだ、と自分で自分を笑いながら、パックを開けて肉に塩・胡椒《こしょう》とガーリックパウダーを振る。使い捨てのビニール手袋をはめ、ぐいぐい揉《も》んで調味料の粒が消えたことを確かめて、焼き網の上で熱しておいたスキレットで焼き目をつける。

火はとっくに熾《おこ》してある。しかも今回は焚き火グリルでも焚き火台でもなく、地面の上に直接火を熾した。

今では言語道断とされる直火《じかび》だが、このキャンプ場では許されている。今回千晶がこのキャンプ場に来ることにしたのは、近くに温泉があることに加えて、直火が許されているからだった。

――こればっかりは直火じゃないとできないんだよねー。

スキレットからしっかり焦げ目が付いた牛肉を出し、スーパーで買ってきた生のミックスハーブと一緒にアルミホイルに包む。バーベキュー用の厚めのアルミホイルを二重に被《かぶ》せ、それでも安心できずもう一回……三重巻きでやっと安心し、いったん脇によける。

続いて、石で作った竈《かまど》から焼き網を退《ど》かし、薪《まき》を豪快に掻き出す。

せっかくいい感じに熾っているのに残念な気もするが、これを退けなければ話が始まらない。薪の下から出てくるのは、あらかじめ敷き詰めておいた石だ。

上で火を焚いていたのだから石は熱々で、オーブンと同じ機能を果たすため『アースオーブン』と呼ばれている。本日のローストビーフはこの『アースオーブン』を使って作るのだ。

熱くなった石の上にアルミホイルでぐるぐる巻きになった牛肉を置き、上からまた石を被せる。アースオーブンの作り方を調べたときは、これだけの石を拾い集めるのは大変だろうと思ったが、いざ始めてみると石拾いすら楽しかった。『豪華キャンプ』によるハイテンション恐るべし、だった。

いずれにしても、ここまでくれば作業は終わったようなもの、あとはさっき退けた薪を戻すだけだった。

ローストビーフは表面を焦がして肉汁を閉じ込めたあと、弱火でまんべんなく熱することで美味しく仕上がる。通常はオーブン、あるいはしっかり包んで湯に浸けるといった方法が取られるが、キャンプの場合はアースオーブンが最適だ。

千晶も学生時代に一度だけ作ったことがあるが、仲間同士で半ば奪い合いになり、少ししか食べられなかった。それでも、柔らかく肉汁はたっぷりのローストビーフの味わいは、今でも忘れられない。豪華キャンプを思い立って一番に思いついたのが、焚き火で温まった地面に埋めて作るローストビーフだったのは、あのときのもっと食べたいという気持ちから来るものに違いない。

アースオーブンは直火が許されている場所でなければ不可能なので、千晶は躍起になって直火可のキャンプ場を探したのである。

「ほい、完了。こうしておけば、ウイスキーにぴったりの極上ローストビーフが出来上がるってわけよ。これぞ直火の醍醐味《だいごみ》！」

ローストビーフ本体は出来上がったようなものだが、ソースがまだだ。

山葵《わさび》と醤油《しょうゆ》というシンプルな組み合わせもいいが、まったりと濃いソースも捨てがたい。豪華キャンプなんだから当然ここは両方、ということでおろし金を取り出した。

タマネギを半分、ニンニクを二欠片《ふたかけ》、ごしごしと擂《す》りおろす。ここでも使い捨て手袋を使ったのは、手を洗いに行くのが面倒なのと手に匂いが付くのを防ぐ目的だ。

不便・不足を楽しむのがモットーであるキャンプで、ビニール製の使い捨て手袋なんて邪道かもしれない。ゴミだって増えるだろう。けれど今日に限っては一切気にしない。『豪華キャンプ』という錦の御旗《みはた》の下、法と道徳に反しない限りやりたい放題と決めたのだ。

ただ、惜しむらくは使い捨て手袋では匂いが手に付くのは防げても、催涙物質の発生までは止められない。せめてタマネギをクーラーボックスに入れてくればよかった。そうすれば少しは涙の流出量を減らせたのに、と後悔しつつ、タマネギとニンニクをスキレットに搨り入れる。

先ほど肉に焦げ目をつけたまま洗っていないので、スキレットには肉汁を含んだ脂が残っている。大した量ではないが、ソースにコクと深みを与えてくれることは間違いなかった。

タマネギとニンニクを入れたあと、醤油、みりん、ウスターソースを足す。本日は食材のみならず、調味料だって豪華絢爛《ごうかけんらん》だ。ぐるぐるかき混ぜて味を確かめ、最後に赤ワインも投入。

ちなみにこの赤ワインは、実家からもらってきたものだ。千晶には、白ならまだしも赤ワインを飲む習慣がないし、赤ワインを使うような料理も作らない。もう日本酒でいいか、と思っていたところ、クーラーボックスを借りに行った際に台所で赤ワインを見つけた。しかも、ラベルにしっかり『料理のための』と書いてある。これはローストビーフのソースにもってこいだ、と思って少しだけもらってきたのだ。

材料を全て入れ終わったスキレットを熾火《おきび》になった炭の上でゆらゆらと動かす。この下には肉のかたまりが埋まっている。肉にかけるソースを肉の上で作るという珍しいやり方で、無事ソースが完成した。

――ローストビーフもソースもＯＫ。次はスープを作りますか！

地中料理の真っ最中なので、火を消すわけにはいかない。燃えている火から離れたくないし、そばにいるなら料理をしよう。熾火になっているから、野菜を煮込むにはうってつけ、ということで、アウトドアクッカーの小鍋を取り出す。小鍋とは言っても容量は一リットルあるから、具だくさんのスープでも十分作れるだろう。

ソースに使ったタマネギの残りと人参を半本、ジャガイモを一個、ウインナーも細かく刻んで炒める。タマネギが透き通ったあたりで、トマトジュースを一缶入れる。

トマトの水煮缶を使えばトマトの食感も残って楽しいのだが、ひとり分のスープには多すぎる。水煮缶は水が入っているが、ジュースは百パーセントトマト、などと理由にならない理由をつけ、今回は百九十ミリリットル入りトマトジュースの登場となった。

焦げないように時々かき混ぜつつ十分、野菜に少し固さが残っているうちに火から下ろす。夕飯用だから食べるのはまだまだ先、あとは余熱に任せて大丈夫だろう。

ふたつの料理を作り上げたところで、クーラーボックスを開ける。保冷剤の中から掘り起こしたのは、ファスナー付きのビニール袋に入ったパン生地だった。

家で献立を考えたとき、主食をどうするか悩んだ。

本日の夕食は赤ワインソースのローストビーフとトマト仕立ての野菜スープ、つまりミネストローネだ。このメニューに合う主食はなんだろう。

どう考えても洋食なので、ごはんはちょっと違う。スープにマカロニを入れるか、デイキャンプのときのようにバゲットを買っていこうと思ったのだが、キャンプ料理の本を見ているうちに気が変わった。千晶にも作れそうなパンのレシピが載っていたからだ。

キャンプ場で一から作ることもできるが、料理はそれなりにこなす千晶でもパンは作ったことがない。パン作りは発酵などの温度管理も難しいと聞く。その場で失敗して慌てるよりも、家で作って持って行くほうが無難と考えた千晶は、あらかじめパン生地を作り、成形まで済ませて冷凍してきたのだ。

──あーまだ、カッチカチだ。さすがは高性能クーラーボックス。今気づいてよかった。少し出しておいて溶かさなきゃ……

直射日光が当たらない場所を探して生地を放置する。生地は六つ、どれも小さな球形にしてある。溶けた生地をメスティンに詰めて焼き上げれば、小さな食パンのようになるはずだ。メスティンは火加減が難しいようだが、幸いアースオーブンがある。ローストビーフを掘り出したあと、代わりにメスティンを埋めれば、夕食には焼き立てでふかふかのパンが食べられるに違いない。

──ローストビーフにミネストローネ、焼きたてのパン。なんて贅沢。とはいえこれは夕食用、小腹が空いてきたしおやつにしますか！

豪華キャンプはとどまるところを知らない。

焚き火の上にアウトドアクッカーの一番小さい鍋をのせ、バターをたっぷり入れる。溶けたバターに砂糖を振り入れ、一口大に切ったバナナを転がしながら焼く。とろりとしたところでシナモンパウダーをパラパラ振ればホットバナナの出来上がりだった。

ホットバナナは、バナナを切らずに丸ごと使うレシピが多いのだが、今回は鍋も小さいし、切っておいたほうが火の通りが早い上に、食べやすいということで、切ることにした。

柔らかくなったバナナにフォークを刺し、バターソースをたっぷり絡める。そのまま一気に、なんて愚は犯さない。口の中を火傷したら、今後の食事に差し支える。

フーフー吹いて冷まし、そーっと口の中へ……

「はい、絶品！」

思わず声が出た。

吹いて冷ましたとは言え、バナナの芯はまだ熱々。バターソースの甘みとシナモンの香りが口中に広がる。レシピには蜂蜜と書いてあったものの、あいにく蜂蜜がなかったため砂糖を使った。風味に欠けるかも……と心配だったが、砂糖でも十分美味しい。

――バターで焼くだけでこんなに美味しくなるなんて侮れない。四本九十八円の特売だったくせに、大出世じゃない、ってか、あやかりたーい！

バナナにあやかってどうする、と苦笑しつつ、手が止まらない。もう一本食べたい、という欲求に、これ以上は美味しい夕食の妨げにしかならない、という理性が打ち勝って、おやつタイムを終わらせることができた。

夕食の支度を終え、ハイカロリーなおやつと紅茶のひとときを楽しんだ千晶は、カップを片付けて立ち上がった。

焚き火をどうしようかと迷ったけれど、ほとんど消えかけていたし、周りはしっかり石で固めてある。近辺に火がつきそうな枯れ草もないのでそのままにして、散歩に出かけることにした。

少し離れたところに川が流れていて、魚もいると聞いている。千晶は子どものころに父と一緒に釣りをしたことがあり、けっこう釣りが好きだ。今回は竿《さお》を持ってきていないので釣りはできないが、川面《かわも》を眺めるだけでも、と思って行ってみることにしたのだ。

ところが、川があるとわかっていても川原に降りられそうな場所がなかなかない。これはいつぞやの水汲《みずく》み場の二の舞だな、と苦笑しつつどんどん歩き、ようやく道を見つけて降りてみると、予想外の先客がいた。

川原に降りられそうな道はほかになかったし、釣り人、もしくは千晶と同じように川面を見たいという人間はいるだろう。だが、夏休みには少し早い平日のこの時刻に女の子がひとりでいるのは珍しい。有休取得中の商品開発部員ならまだしも、その子は中学生ぐらいにしか見えない。来る途中で同年代らしき子どもは見かけなかったから、学校行事というわけでもなさそうだ。そもそも学校行事だったとしたら、ますますひとりで川原にいるのはおかしい。

女の子は、川原の大きな石に腰掛けてぼんやり川を見ている。薄いブルーのダンガリーシャツに濃い紺色のデニムパンツ、スポーツブランドのスニーカーという気取らない服装で、まるで近所の子がひょいっと遊びに来たような感じだ。

川原に降りてきた千晶を一瞬だけ見て、すぐにまた川面に視線を戻す。おそらく、自分に危害を加えそうな人物ではないと判断したのだろう。

困っている様子もないし、まあいいか……ということで、千晶は水際まで行って川の中を覗《のぞ》き込む。魚がいないかと探して見たが、あいにく一匹も見つからない。

太陽光が乱反射する水面をしばらく眺め、ついでにスマホで写真を撮る。シャッターの音で、女の子が顔を上げてこちらを見た。

――この子、どこかで見たような……。でもこんな女の子は知り合いにはいないし、テレビや雑誌でもない。まあ、気のせいかな……

今時の女の子はみんなよく似た感じだし、と思いながらスマホをしまって踵《きびす》を返す。ところが、降りてきた道に戻ろうと踏み出した瞬間、後ろで悲鳴が上がった。

ぎょっとして振り向くと、女の子が蹲《うずくま》っている。どうやら岩から降りようとして足を滑らせたようだ。

「大丈夫？」

駆け戻って訊ねると、女の子はこくこくと頷《うなず》く。だが、表情は明らかに痛みに耐えて……いや、耐えかねているものだった。

女の子は様子を確かめるように足首を動かしては、小さく息を呑《の》む。ちゃんと動くところを見ると骨折はしていないが、ひどい捻挫《ねんざ》であることは間違いなさそうだ。

女の子はなんとか立ち上がろうとしている。すぐさま手助けして立たせたものの、足に力をかけることができなそうだ。

「痛い？」

「ちょっとだけ」

「ちょっとじゃないように見えるけど。あそこ、上れそう？」

そう言いながら、千晶はついさっき降りてきた道に目を向ける。

細くて急な坂道で、降りてくるときに何度か滑りそうになった。坂道はただでさえ降りるよりも上るほうが大変そうだが、足を傷めているとなるとなおさらだ。こんなに痛そうなのに、あの崖みたいな坂を上るなんて無理に決まっている。

女の子は絶望そのものの目で答える。

「今すぐは無理かも。でもちょっと休めば……」

「家は近く？」

「近くじゃないんですけど、今日はキャンプ場に来てるんです」

なるほど、この子もキャンパーか、とちょっと安心する。この年齢の女の子がひとりで来ている可能性は低い。家族、あるいは仲間と一緒なら、連絡してここに来てもらうこともできる。本人だって、見ず知らずの千晶とふたりきりよりも、気心の知れた人にいて欲しいに決まっている。

「誰かに連絡して、迎えに来てもらうことってできる？」

「スマホがあります。でもたぶん、少し休んだら落ち着くと思うんです。それから戻れば……」

「本当に？」

まったくもって疑わしい。怪我《けが》をしてすぐは感じなくても、時が経つにつれて痛みが増してくるというのはよくある話だ。しかも今ですらこれだけ痛そうなのだ。少しぐらい休んだところで、もっと痛くなることはあっても和《やわ》らぐとは思えない。

女の子が小さくため息をついた。おそらく、自分の経験からすぐに痛みが減る可能性は低いと察したのだろう。

「散歩に来たんだよね？」

「はい」

「どれぐらいここにいたの？」

「一時間ぐらいでしょうか……」

「だったら余計に連絡したほうがいいわ。きっと心配してると思う」

「心配……そうですね……」

　諦めたようにスマホを取り出し、女の子はキーを操作し始めた。電話をかけるのかと思いきや、メッセージを送るつもりらしい。

　女の子のキー操作は驚くほど速く、相手からの返信も瞬く間だった。そのまま二度、三度とやり取りしたあと、彼女はスマホをポケットに戻しつつ言った。

「叔父が迎えに来てくれるそうです」

「叔父さんと一緒にキャンプに来たの？」

「いえ、そういうわけでも……ただ、叔父はキャンプ場の管理人なので、この場所をよく知っていますし、怪我の手当も得意ですからなんとかしてくれると……」

「あ、そっか……」

　どこかで見たと思ったら、管理人に似ていたのだ。

　キャンプ場の管理人には、受付のときに会った。おそらく四十代、かなりの大柄で、見るからに頼りになりそうな人だったし、土地勘もあるだろう。この状況で助けを求めるのに相応しい相手に思えた。

「上の道まで車で来てくれるそうです」

「上の道……」

　迎えに来てもらえるのはいいことだ。だが『上の道まで』ということは、そこまで自力で辿《たど》り着かなければならないことに変わりはない。

女の子は話している間も、足を動かしてみては顔をしかめている。予想どおり、足首の痛みはさらに増してきているようだ。あの細い道を上っていくなんて無理だろう。

ところが、心配そうな千晶をよそに、女の子はあっさり言った。

「叔父はスポーツ経験が豊富で、テーピングが上手なんです」

「テーピングか……それならなんとかなるかも」

「たぶんスプレー式の消炎鎮痛剤も持ってきてくれると思いますから、それで痛みを抑えて、なんとか車道まで上がります」

「そっか。それはよかった」

「ご面倒をおかけしました。私は大丈夫ですから、先に戻ってください」

女の子が申し訳なさそうに言う。けれど、さすがにこの状況で女の子を残していけるわけがない。

「私も、叔父さんがいらっしゃるのを待ってるわ」

「そうですか。本当にすみません」

ほっとした様子を見ると、やはり心細かったのだろう。まだ近くにいるときでよかった、と思いながら待っていると、枝をかき分ける音がして、キャンプ場の管理人が姿を現した。大きな岩のところにいるふたりを見つけ、まっすぐに近づいてくる。

「あ、さっき受付された方ですよね？　確か榊原さん……」

「はい。一泊でお世話になります。散歩に来たんですけど、帰ろうとしたときに怪我をされたみたいで」

「そうだったんですか。こいつ、なにも言わないから、てっきり……」

そう言うと、管理人は女の子をたしなめるように言う。

「ひとりじゃないならそう言えよ。びっくりしたじゃないか」

「だって……」

「痛くてそれどころじゃなかったんですよ。管理人さんにご連絡するのがやっと」

かばう千晶に、管理人は慌てて頭を下げた。

「本当にお世話になりました。ここって怪我をしやすいんですよ。捻挫する人も多いし、道を転げ落ちることも……」

「え、あの道を？」

川原の近くならまだしも、上のほうから滑り落ちたら頭を打ちかねない。テーピングどころか、救急車出動要請だ。足首を捻ったぐらいで済んでよかった、と管理人は言った。

「じゃあ、さくっとやっちゃおう。裸足《はだし》になれるか？」

「あ、うん」

靴と靴下を脱いだ足に、管理人は消炎鎮痛剤をスプレーし、てきぱきとテーピングを施す。終わるころには、痛みが少し引いたのか、ずっと張り付いていた眉間の皺《しわ》がなくなっていた。消炎鎮痛剤の効果は一時的にしても、今なら上の道まで上がれるだろう。

「いけそう？」

「なんとか」

「無理ならおんぶするぞ」

「大丈夫だって！」

管理人はスポーツ経験が豊富と言うだけあって、かなり筋肉質だ。だが、ひとりでもすべり落ちそうな道を人を背負って上るのは酷すぎる。背負われているほうだって恐い。だましだましでも自分で上るほうがましだろう。

「じゃあ、ゆっくり行こう。美来《みく》、先に上れ。俺は後ろから行く。榊原さんは申し訳ないけど最後で。くれぐれも気をつけて」

「これ以上、怪我人が増えたら大変ですもんね」

美来という名の女の子、管理人、千晶という順で細い道を上り、三人は無事に上の道に戻ることができた。

「美来、痛みは大丈夫か？」

「今のところは」

「よかった。じゃ、車に乗って。榊原さんも乗っていってください。汚いですけど」

管理人の車はいかにも荷物がたくさん積めそうなスポーツワゴンだった。

美来がケンケンで車に近づき、後部座席に乗り込んだ。千晶は反対側に回って運転席の後ろに乗る。

本人は汚いと言うが、足下に少し枯れ草や土があるものの、シートには糸くずひとつない。キャンプギアを詰め放題にしている千晶のシートのほうがよほど汚れているだろう。

「全然きれいじゃないですか。それに、乗せていただけるだけでありがたいです」

行きはよいよい帰りは恐い、ではないが、キャンプ場まではまた延々と歩かなければならないと思っていた。日暮れは徐々に近づいてきているし、早くテントサイトに戻りたい。車で帰れるに越したことはなかった。

「榊原さんが居合わせてくれて助かりました。こいつのことだから、ひとりだったら連絡してこなかったかもしれない。あのまま川原で日が暮れてたら大変なことになってました」

「いや、さすがにそれまでには連絡したでしょう」

「それがねえ……」

そこで管理人は困ったように美来を見た。ただ、そのままなにを言うでもなくエンジンをかける。そのとき、美来の大きなため息が聞こえた。

「痛い？」

もう消炎鎮痛剤の効果が切れたのか、と思って訊ねてみると、美来は首を左右に振った。

「痛みは大したことないんですけど……」

「どうした？　ああ、その足じゃキャンプは無理だもんな」

叔父さんと一緒にキャンプに来たの？と訊ねたときは軽く否定されたので、ただ遊びに来ただけだと思っていた。だが、否定したかったのは『叔父さんと』の部分だったようだ。

家族と一緒に来ているのだろうか。あるいは、叔父のキャンプ場なら、と友だち同士で来た可能性もある。いずれにしても、この足の状態では難しそうだ。

そんなことを考えている間にも、叔父と姪《めい》の会話は進む。

「なんとかならないかな」

「初めてのソロキャンプだから諦めたくない気持ちはわかる。でも夏はこれから、またの機会ってことにしとけ」

「テントは張っちゃったし、お米だって水に浸《つ》けてきたのに……」

「それはあとで俺がなんとかしておくよ。今日は諦めろ」

引導を渡され、美来はますます肩を落としている。いたたまれなくなった千晶は、つい声をかけてしまった。

「美来さん、病院には行かなくて大丈夫？」

「病院って近くにあったっけ？」

美来の問いに、管理人が困ったように答えた。

「車で二十分ぐらいかな……だがあいにく今日は休診だ。痛みはどうだ？」

「だいぶ落ち着いてきたみたい」

「うーん……たぶんただの捻挫だと思うから、様子見でいいかな。明日になってすごく腫《は》れるようなら診てもらうほうがいいけど」

「じゃあ、なんとかなるか……あの、管理人さん」

「なんでしょう？」

「美来さんって、どのあたりにテントを張ったんですか？」

「えーっと確か……」

そこで管理人は区画を表す数字を口にした。意外なことに千晶と一番違い、おそらくすぐそばの区画だろう。

「それって私のサイトの近くですよね？」

「近くというか、隣ですね」

「隣……じゃあ、私がお手伝いしましょうか？」

食事にしても、寝るにしても、頻繁に立ったり座ったりを繰り返さなければならない。美来も、捻挫した足でソロキャンプは難しいとわかって落ち込んだのだろう。だが、テントは設営済み、米を炊く支度もしてあるなら、少し助けてあげれば続けることはできそうだ。少なくとも食事だけでも済ませられれば、残念な気持ちが半減するかもしれない。

初めてのソロキャンプがこんな形で終わるなんて、かわいそうすぎる。完全なソロとは言えないにしても、なんとか続けさせてやりたい。それは、キャンプ好きのひとりとして当たり前の気持ちだった。

だが、管理人はとんでもないと言わんばかりだった。

「いやいや、それは申し訳なさ過ぎます。ただでさえ、時間を取らせてしまったのに、この上、美来の手伝いなんて……」

「別にかまいませんよ。テントは設営済み、ごはんだって炊くだけでしょう？　私、火を熾すのもけっこう得意なんで、美来さんのサイトで熾してあげてもいいし。完全なソロキャンプとは言えなくなるけど、中止よりはマシかなと……」

「それじゃあ、榊原さんが大変ですよ。それに榊原さんだって、ソロキャンプを楽しみに来たのに台無しじゃないですか」

「私はもう何度もソロキャンプをしてますし、これからだってします。一回ぐらいどうってことありません。美来さんがいやじゃなければ、お手伝いします」

「……本当ですか？」

本人をそっちのけで話していたふたりに、美来がようやく声を上げた。おそるおそる、そして期待たっぷりに……

美来の意思は確かめるまでもなかった。

「美来さんはキャンプを続けたいのね。なら、続けましょう。まずごはんを食べて、なんとかなりそうならテントで寝る。ただし、夜中に何かあったらすぐに叔父さんに連絡する、ってことでいい？　私が駆けつけてあげられればいいんだけど、実は私、キャンプのときって、一度寝ちゃったらなかなか起きないのよ」

普段はそうでもないんだけどね、と笑う千晶に、美来は目を輝かせて答えた。

「大丈夫です。捻挫なんて初めてじゃないし、テーピングもしてもらったので、これ以上ひどくならないと思います。座ったままでも火は熾せますから、食事の支度も大丈夫なはず。いいよね、叔父さん？」

そこで美来は叔父に向き直り、すがるような目で言う。

「お願い！　なにかあったら必ず叔父さんに連絡するから！」

「うー……わかった。スマホは枕元において寝る。呼び出し音量は最大にセットしておくけど、聞き逃すといけないからメッセージじゃなくて通話にしろよ」

「そうする。電話は苦手だけど、無言電話ならできるよ」

「無言電話はやめろ！」

「相手が私ってわかってるんだから、大丈夫でしょ」

「そりゃそうだけど、なにがどうなったか気になるじゃないか。様子がわからないと対策も打てない」

「じゃあメッセージを送っておいてから呼び出し音を鳴らすよ。それでいいでしょ？」

「……なにもないことを祈るしかないな。どっちにしても、ときどき様子を見に行く」

「じゃあ、まずは、夕食が無事に終わるかどうかやってみましょう」

「よろしくお願いします！」

美来は打って変わって明るい笑顔を見せる。

よかった、と思う反面、彼女の学校のことが気になった。だが、本人も叔父も気にしている様子はない。おそらく、創立記念日か代休かなにかで休みなのだろう。

そこまで考えたところで車が止まった。

窓から千晶のテントサイトが見える。まず千晶を下ろすつもりのようだ。だが、千晶としては、まず美来のテントサイトを確かめたかった。

「先に美来さんのところにお邪魔していいですか？　焚き火台とか見ておきたいので」

「あ、そっか。じゃあ、あと三十秒ほど」

「はいはい」

美来の手伝いを引き受けたせいか、言葉の調子がかなり柔らかくなった気がする。プライベートでの鯱張《しゃちほこば》った言葉遣いや態度は面倒に思う千晶としては、嬉しい限りだった。

三十秒とは言ったが、実質十秒ぐらいで隣の区画に到着。そこには迷彩柄のひとり用のテントが立っていた。

「あ、このテント、ネットサイトで見たことある！　売上げナンバーワンとか評判のやつじゃない？」

「そうなんですか？　軽くて扱いも簡単そうだし、安かったから買ったんですけど……」

「軽すぎて、ちょっとの風で吹っ飛びそうで心配だよ。テントなら俺のところにあるのを使えばいいって言ったんだけど、聞かなくて」

「叔父さんのところにあるテントって、どれもガチなんだもん。あんなの初心者には無理だよ」

「にしてもなあ……おまえ、ペグぐらい打ったんだろうな？」

「打ってないよ。ドーム式ならペグなんていらないでしょ？」

「マジか」

エンジンを止めた管理人は、頭でも掻きむしりたそうな様子だ。キャンプの管理人なのだから、キャンプには詳しい、というかプロだろう。ペグを打たないなんて、許しがたい愚行と思っているに違いない。

苦笑いをしつつ、千晶は言った。

「ペグはセットに入ってるはずですから、泊まれそうなら私が打ちます……っていうより、先に打ったほうがいいか。雨の予報はないけど、風は吹くかもしれないし」

「俺がやりますよ。そこまで面倒はかけられません」

「管理人さんはほかにもお仕事があるんじゃないですか？　ペグなんて一瞬で打てますから」

受付でキャンパーが待っているかもしれない。このキャンプ場は美来の叔父ひとりで管理しているようだし、チェックインしたときも受付にはこの人しかいなかった。ただでさえ、美来を迎えに来るために留守にしているのだから、早く戻ったほうがいい、と千晶に言われ、管理人は渋々エンジンをかけた。

「重ね重ね申し訳ありません。もう、榊原さんの利用料はただでいいです。お返ししますから、帰りに受付に寄ってください」

「お気遣いなく。せいぜいペグと焚き火の段取りぐらいで、手取り足取りのお世話はしませんし。夜中は丸投げだし」

「十分です。あ……」

そこで管理人のスマホが高らかに鳴った。おそらく受付に誰か来た、あるいはどこかでトラブルがあったのだろう。

「行ってください。こっちは大丈夫ですから」

「よろしくお願いします。じゃ、美来、またな」

「オッケー」

かくして管理人は去り、美来と千晶が残された。

「四時半か……じゃ、美来さんのごはんの支度からやっちゃいましょうか」

「はい。あ、でも、たぶん自分でできると思います。叔父が心配性なので、あの場ではお願いしましたけど、火をつけるだけなら座ったままでもできるし。薪も用意してありますから」

言われて見ると、焚き火台の前に折りたたみ式の椅子、その横に薪が置かれていた。

焚き火台に合わせたせいか、椅子は美来のものより座面が高く、足への負担も少なそうだ。しかも薪は、火熾しに使えそうな細いものから、長時間燃えそうな太いものまで揃《そろ》っている。美来が自分で割ったとは思えないから、あの管理人が割って渡したに違いない。直火が許されているのに、あえて美来が楽に後始末ができるように焚き火台を選ぶ――なるほど、心配性という美来の言葉は、的を射ているようだ。

「準備万端だね。じゃあ、私は見てることにする」

千晶の言葉に、美来は少し目を見張った。

「なんか……あっさりしてますね」

「そう？」

「もうちょっと、無理しちゃ駄目とか、私がやってあげるとか言うかと……」

「だって自分でやりたいでしょ？　さすがに管理人さんにああ言った手前、置き去りにするわけにはいかないから、ここにはいるけど、木が一本増えたと思ってくれればいいよ」

「木が……」

そこで美来は絶句し、まじまじと千晶を見たあと、はじけたように笑い出した。

「榊原さんって面白い人ですね。それに、私の気持ちもよくわかってくれてる」

「私って言うか、ソロキャンパーの気持ちなんてみんな似たようなものでしょ」

「どんな？」

「はっきり言って、ひとりで好き勝手したい」

「そうかも……」

「でしょ？　この状況でもキャンプを諦めたくないのも、そんな気持ちがあるからじゃないのかな。捻挫をしたのが私だったとしても、どうにか続けられないかって四苦八苦したと思う」

「そのとおりです」

「じゃあ、やるしかないよね。美来さんは、ソロキャンプは初めてって言ってたけど、キャンプ自体は経験あるの？」

「小学生のときの校外学習と、ここにも何度か」

「それなら火は熾せるね。じゃあ、頑張って。えーっと……」

美来が椅子に座るのを待ち、千晶は少し離れた場所にある美来の荷物に目を向けた。

ひとりで好き勝手したいのは美来だけではない。千晶だって自分のキャンプを楽しみたいのだ。このキャンプ場の区画がもっと狭ければ、とっくに自分のテントサイトに戻っている。さすがにここまでゆったりしていると、千晶がテントを張った場所からは目が届かない。見えることは見えるが、なにかあっても駆けつけるのに時間がかかりそうだ。少なくとも、食事の支度が調うまでは付き合うつもりだが、いくら『木が一本増えたと思って』と言ったところで、間近にいられたら気になるだろう。

千晶の視線の先に気づいたのか、美来が不安そうに訊ねる。

「あの……なにか変ですか？」

「いや、とりあえずペグだけは打とうと思って」

「あ、そっか……。ごめんなさい、お願いできますか？」

「もちろん。管理人さんにも、ペグは私が打つって約束したし。ペグはテントの袋の中かな？」

「はい。あの深緑色の……」

「OK、じゃあ、ささっと打ってくる……とちょっと待った、ペグを打ったことはあるの？」

「ない……です。校外学習のときは料理担当だったし、家ではテントは父が張ってくれてたので」

「そう。じゃあ、ちょっと疑似体験しますか」

そう言うと、千晶はテントの収納袋を取りに行き、中から取りだしたペグを美来に渡した。

美来の椅子はひとり用のコンパクトな焚き火台に合わせたせいか、座ったままでも地面に手が届く。これなら少し体重をかければ、ペグを打つことはできるだろう。

「このペグ、ちょっと打ってみて」

「こう……ですか？」

美来は、受け取ったペグをためらいなく地面に刺す。

なんでこんなところにペグなんか打つんですか？とか言わない素直さは好ましいが、

打ち方そのものは好ましいとは言えなかった。

「ごめん、だめだわ」

「え？」

「打ってあるペグを見たことある？」

「ペグがあるなあ……ぐらいで、そんなにちゃんとは見てないかも」

「でしょうね。ペグは地面に対して六十度ぐらいで打ったほうがいいのよ。こんなふうにまっすぐに打つと、ロープを繋《つな》いだときに力がかかって抜けちゃうことがあるの。ドーム型のテントを固定するぐらいならこれでもいいけど、一応ね」

　この先、セパレートタイプのテントを使うこともあるかもしれない。知っていても損はないから、と言う千晶に、美来は感心しきった様子で頷いた。

「本当ですね。私の『ソロキャンプをやってみたい』って、ひとりでごはんを作って食べたい、ってだけで、火の熾し方やキャンプ料理についてはすごく調べたし、叔父にも習ったんですけど、テントのことはあんまり考えてなくて……でも、それじゃ駄目なんですよね」

「私も、焚き火がしたくてキャンプをしてるようなものだけど、焚き火ってやっぱり夜のほうが『ばえる』よね。となると、泊まりのほうがいいし、泊まるためにはテントが必要。ソロキャンプなら自分で立てるしかないってことで、それなりに勉強したのよ。

適当に立てて、夜中に崩壊しても困るもの。では……」

そこで千晶は、美来が打ったペグの脇にもう一本ペグを刺す。セパレートタイプのテントのメインロープのかけ方について簡単に説明したあと、二本のペグを美来に抜かせた。

「違い、わかる?」

「はい。こんなに浅くしか打ってないのに、やっぱり斜めのほうが抜きにくいですね」

「でしょ。ってことで、ペグ打ち講座終了。私はテントを固定してくるね」

「よろしくお願いします」

一礼したあと、美来は焚き火台に薪を入れ始める。練習したと言うだけあって、手慣れたものだ。これなら安心、と千晶はペグを打ち始めた。

小さなテントなので、ペグを打つのもあっという間だった。それでも、美来のところに戻ったときには、火は半ば熾り始めていた。かなりの手早さ、おそらく何度も何度も練習したのだろう。

「すごい、もうつきかけてるじゃない」

「薪がすごくいい感じなんです。きっと、叔父が乾かしてくれてたんだと思います」

「あらあ……そこまでしてくれるんだ。本当に心配性なんだね」

「たぶん、失敗させたくなかったんでしょうね」

「そうなの？　キャンプって、失敗してもそれはそれで面白いのに」

「そうなんでしょうけど、私はちょっと難ありだから……」

「へえ……」

この答えは正解なのだろうか。なんとなく間違っているような気がしないでもないが、ほかに答えようがない。仰天の声を上げるのは失礼だし、まじまじと見つめるのはもっと失礼だ。ずいぶん前に『右から来たものを左へ受け流す』というお笑い芸人の台詞《せりふ》が流行《はや》ったが、今はそれが一番相応しい気がした。

そんな千晶の気遣いを知ってか知らずか、美来が呆れたように言う。

「へえ……って……。ぎょっとするとか、難ありってなに、とか訊《き》いたりしないんですか？」

「え、あ、うーんと……まったく難がない人間なんていないから、自己申告できるぐらいなら、そんなにひどい難じゃないのかなって思ったのよ」

「……やっぱり榊原さんってちょっと変わってますね」

「そう？　周りからはよく、しっかりしてるって言われるんだけどね」

「しっかりしてても変わってる人っていますよ」

「確かに。まあ、いいわ。おおかた叔父さんは、ファーストトライで失敗してキャンプを嫌いになられたらいや、って思ってるんでしょう」

「っていうか、ひとつぐらい成功して欲しいって気持ちからかも。私、失敗ばっかりだから……」

それなのにキャンプを始めたとたんに捻挫をしてしまった。せっかくの叔父の気配りが台無しです、と美来は苦笑した。

「『失敗は成功の母』ってよく言うけど、失敗するより成功したほうが断然気持ちがいいし、あんまり失敗ばっかりしてると、そんなこと言ってられなくなるよね」

「そうなんです！」

美来は二度も三度も頷いて続けた。

「私、行きたい学校があったんです。ちゃんと合格圏内に入ってました。でも、受験でミスって別の学校に進みました。最初は、いい感じの学校だからそこでもいいや、って思ってたんだけど、通学が同じ路線なんですよ。毎日、落ちた学校の制服を見なくちゃならなくて……」

「それは辛いね」

「はい……なんであんなミスしちゃったんだろ、なんで二回目を受けなかったんだろう、って……」

「二回目？」

「三回受けられる学校だったんです。でも私、その時点でどこの学校にも合格してなくて……」

「併願はしなかったの？」

「してました。どこにもっていうのはちょっと違いますね。第三志望には受かってました。悪い学校じゃないとは思うんですけど、家から遠くて通うのは無理だなって……。それで急遽《きゅうきょ》、第二志望の二回目を受けることにしたんです」

　その受験日と第一志望の二回目が重なった。よほどの不人気校でもないかぎり、受験は一回目よりも二回目のほうが倍率が上がる。一回目が駄目だったのだから、二回目で合格する可能性はさらに下がる。確実に合格を取れる学校を受けたほうがいい、と判断したそうだ。

「えーっとそれは誰の判断？」

「塾の先生とお母さん。でも私も、そうだなって思いましたから……」

「納得はしてたのね」

「はい。そこでフラフラしてたら、合格なんてできなかったと思います」

「本命の三回目を受ける気はなかったの？」

　さっき美来は、三回受けられる学校だと言った。二回目の受験日は重なったとしても、三回目を受けることはできたはずだ。

けれど、美来は辛そうに答えた。

「三回目は二回目よりもっとすごい倍率なんです。確実に合格できるように、みんな自分の偏差値よりかなり下を狙ってきますから」

「そういうものなんだ……」

「そうなんですよ。で、これは受けるだけ無駄、第二志望に合格したんだからもういいやって終わりにしちゃったんです。また不合格通知を見るのもいやだったし。でも、やっぱり受けておけばよかった。たとえ落ちたとしても、もしかしたら受かっていたかもしれない、なんて思い続けなくてすんだのに……」

行き帰りに本命校の制服を見るたびに未練が募る。しかも、翌年の秋になって受験情報誌を見てみたら、本命校の三回目は倍率こそ高かったけれど、合格最低点は例年より遥《はる》かに低かった。問題の難易度は大差なかったから、受けていれば合格できた可能性は高い、と美来は言う。

「なんで調べちゃったかな……知らないほうがいいこともあるのに……」

「それは仕方ないよ。たぶん、私でも調べると思う」

「そうですか？　私、みんなから、なんでそんなことしたんだって言われましたよ？」

「誰だって、自分が選ばなかった選択肢は気になるよ」

「選択肢じゃないですよ。事実上通えるのは第二志望だけですから」

「もしかしたら合格できたかもしれない試験を受けなかった、その時点では選択肢があったのよ。でも選ばなかった。違う未来に続く道があった。どんな道だったのか確かめたくなるのは当然」

「やっぱり未練がましいですよ。そんなことしてるから、学校もうまくいかなくなっちゃったんです」

「入学した学校？」

「はい。一年生の秋まではけっこう楽しくやってました。でも、秋に本命校の三回目の結果を見ちゃったあと、なんだか急に友だちとうまくいかなくなって……」

「うーん……」

そこで千晶は言葉を切り、美来の顔を覗き込んだ。続きの言葉をぶつけて大丈夫かどうか、確かめるためだ。

黙って顔を見ている千晶に気づき、美来はにっこり笑って言った。

「もしかして、言葉を選ぼうとしてくれてます？」

「まあね」

「大丈夫ですよ。榊原さんの考え方って面白いから、そのまんまで聞かせてほしいです」

「じゃあ言うけど、たぶん心のどこかで、友だちを見下しちゃったんじゃない？」

「見下した？」

「それまでの本命校に落ちたって意識が、受けなかった三回目の結果を見ちゃったことで、もしかしたら……に変わった。しかも、美来さんは今の学校の、倍率も難易度も高い二回目に合格してる。一回目を受けてたとしても、合格できたはずだと思った。どっちか片方ならそこまでじゃなかったんだろうけど、合わせ技で『私はこんなとこにいる人間じゃない』って……」

ふと見ると、美来は黙って俯《うつむ》いていた。さすがに言いすぎたと思って、慌てて謝る。

「ごめん！　ただの憶測！」

「いいえ……たぶんそれ、当たってると思います。実際に、授業中とかも、先生の質問に答えられない友だちを見て、なんでそんなこともわからないかな、って思ってました。さすがに口には出しませんでしたけど、たぶん、伝わっちゃってたんでしょうね。仲間はずれにされたのは当然です」

「虐《いじ》められてたの？」

「ただの『仲間はずれ』です。誰と付き合うかは自由ですし」

「個人なら自由だけど、集団でやったら虐めになるのよ、って、もしかしてそれで学校に行けなくなったことがあった？」

「ありました、というか、現在進行形です」

「創立記念日とか代休ってわけじゃなかったんだ」

「違いますよ。今時の学校って、創立記念日は飛び石連休の間に振り替えたり、長期休暇にくっつけたりで、当日は休みにならないことのほうが多いです。それに、火曜日の代休も聞いたことありません」

「そうなんだ……。で、学校には行ってないと」

「行ってません。だからここにいるんです。叔父さんが、どうせ暇だろうからうちに手伝いに来いって。両親も、行ってこいって言ってくれましたし」

「それはラッキーだね」

学校を休んでいるのに外出なんてもってのほか、という親は多い。下手に出かけると、学校をサボって遊んでいると思われかねない。学校に行かないなら、人目に触れないように家にいてくれ、というのが正直な気持ちだろう。親族にしても、見て見ぬふりをする人のほうが多い気がする。

叔父が誘いをかけ、両親もあっさり外出を認めてくれる美来は、恵まれているとしか言いようがなかった。

おそらくそれはわかっているのだろう。美来は、ほぼ火が熾った焚き火台に細い薪を一本足して言った。

「ほんと、ラッキーです。叔父さんは今までずっとひとりでやって来たんだから、手伝いなんていらないでしょうに」

「ご両親が頼んだとか？」

「たぶん違うと思います。ただ、学校に行けなくなったのが去年の冬で、それからずっと家にいました。叔父と母は仲のいい姉弟《きょうだい》ですし、私も小さいころからかわいがってもらってましたから、話ぐらいはしたんだと思います。で、春になったころ叔父さんが来て、うちに来いよって」

そのままここに来て、かれこれ三ヶ月、美来は受付やギア類の手入れを手伝ったり、叔父からキャンプの基礎的な技術を習ったりして過ごしていたそうだ。

「楽しい？」

「そうですねえ……家でじっとしてるよりは楽しいかな？」

「学校から連絡は？」

「どうでしょう？　両親が来るときに、課題のプリントとかは届けてくれますけど、どんなやり取りをしているかは知りません」

「課題プリントがあるの？」

「いちおう。学校も、なにもしないわけにはいかないんでしょうね。レポートを書けって言ってくることもあります」

「ちゃんとやってる？」

「はい。勉強は別に嫌いじゃないので。毎週、父か母が来てくれるので、課題をもらって翌週に渡す、って感じです」

「ご両親はそれを学校に出しに行ってらっしゃるのかしら……」

「スキャンして送信してくれてるはずです。学校もいちいち親が来られても面倒でしょうし。私が自分でできればいいんですけど、叔父の家にはそういう設備がないので」

「叔父さんのおうちはどこに？」

「ここです。受付棟の奥に台所とお風呂、二階に狭い部屋がふたつあって片方を私が借りてます」

このキャンプ場は管理人常駐と明記しているので、叔父が離れるわけにいかない。それなのに住居部分ですら電波がろくに届いていない、と美来は笑う。

そういえば、このキャンプ場にも電波が届かない場所がある。幸いソロ用のテントサイトは比較的電波状態がいいところに設けられているが、ファミリー用の端のほうには、スマホが使えないと騒いでいる家族がいた。

ひとりきりの状態でスマホが使えないと、緊急時に本当に困ったことになるということで、ソロ用サイトが優先されたのだろう。

当たり前に使っている文明の利器が使えない。それはキャンプを楽しむ一助ではあるけれど、ここで生活している人間にはやはり不便に違いない。

「そうなの……でもちゃんと届けてくださるなんて、いいご両親ね」

「課題があるからわざわざこんなとこまで来なきゃならない、ってぶつぶつ言ってますけど、たぶんなにもなくても来てくれるんじゃないかと思ってます」

できる限りふたり揃って、どちらかが来られなくても片方は来てくれる。長居するわけでもなく、課題を渡し、じゃあまたねと帰って行く。たまに、買い物に行く？と訊ねられ、二、三日家に帰り、またここに戻ってくる。自習に必要な参考書や問題集、趣味の本、夏用の服、お気に入りのお菓子などを買って——そんな暮らしを許してくれる両親には感謝しかない、と言ったあと、美来は不意に眉根を寄せた。

「でも、ずっとこのままってわけにもいかないですよね」

「どうして？」

「このままだと進級できなくなっちゃう」

「義務教育なら、多少足りなくてもなんとかなるんじゃない？」

「義務教育？　やっぱり私、中学生に見えます⁉」

「え……？」

「受験したって言ったじゃないですか。今、高校二年です」

「うわあーごめん！　てっきり中学受験だと思ってた！」

平身低頭とはこのことだ。

だが、高校生だとしたら事態は深刻である。美来は三ヶ月もここにいるのだから、出席日数はすでに足りなくなっているかもしれない。義務教育ではないだけに、高校の出席日数は一日でも足りなければ即アウトだ。ある意味、レポートや追試で下駄を履かせられる成績よりもシビアなのだ。それにしても高校生、しかも二年生だったとは……。

申し訳なさと驚きで言葉をなくしている千晶に、美来はクスリと笑って言った。

「私、小柄で童顔だし、年齢相応に見られることのほうが少ないんですよね」

「本当にごめんなさい。中学生だと思ってた。で、たぶん三年生ぐらいだろうから、進路はどうするのかなーとか……。これって高校生だとしても同じだけど」

「進路……でも、高校が卒業できなかったら進学も就職も無理ですよね」

そこで美来は目を焚き火に戻す。

火はすっかり熾り、パチパチと小さな音を立てている。

今通っている高校を卒業しなくても進学や就職ができないわけではない。思い切って転校してもいいし、認定試験で高卒資格を取る手もある。だが、それを教えることが、本人にとっていいことなのかどうかわからない。どちらがより平坦《へいたん》な道かと言えば、やはり高校を卒業するほうだろう。もしかしたら家族はとっくに承知していて、時期を見計らって本人に教えるつもりなのかもしれない。

さすがにこれは赤の他人が踏み込むべき問題ではない、と判断し、千晶は焚き火台の横にあったメスティンに手を伸ばした。

「そろそろごはんを炊こうか。これだよね？」

水を溢《こぼ》さないように、メスティンを渡す。美来も慎重に受け取り、焼き網の真ん中にのせた。

「あ、はい」

「炊いたことはあるのよね？」

「もちろん。叔父には免許皆伝だって言われました」

「なら大丈夫ね。あとはなにを作るつもりだったの？」

「カレーにしようと思ってました。ありきたりですけど、カレーってキャンプの初歩って感じがして……」

初めてのソロキャンプだから、基本に忠実にカレーを作りたかった、と美来は言う。気持ちはわかるし、さぞや残念だろうとかわいそうにもなる。けれど、そのあと美来が続けたのは実に潔い言葉だった。

「でもいいんです。足を捻挫しちゃったときは、あーもうだめだーって思ったけど、こうしてなんとか続けられたし、ごはんも炊いてます。朝ごはん用に味付け海苔《のり》や佃煮《つくだに》も持ってますし、それで食べちゃいます」

「炊き立てのごはんって、それだけで美味しいもんね」

「でしょ？　だから気にしないでください。火も熾ったし、ごはんもこれで大丈夫。だから榊原さんも、ご自分のサイトにお戻りください」

そう言うと、美来は千晶に笑顔を向けた。

自分がひとりになりたかったのか、はたまた千晶を気遣ったのか……いずれにしても、これ以上の長居は無用ということだろう。

「じゃあ、私は戻るから、なにかあったら呼んで。起きてる間なら対応できるし。あ、番号を教えとかなきゃね」

そう言いながらスマホを取り出した千晶に、美来は目を丸くした。

「番号って、そんなに簡単に……」

「だって、番号がわからなきゃ連絡できないじゃない」

「セキュリティが甘すぎませんか？」

「連絡先は予約フォームに記入したし、受付も手伝ってるなら美来さんは自由に見られるでしょ。今更隠したって無駄無駄」

「いや、それとこれとは……」

「いいのよ。私の連絡先なんて悪用したくてもできそうもないし、そもそも美来さんはそんなことするような子には見えないし。あ、美来さんのほうか……」

そこで千晶は、別の可能性に気づいた。自分は平気でも、美来が連絡先を知らせたくないのかもしれない。それなら無理強いはできない、と思っていると、美来がスマホを取り出した。

「ご心配なく。私も全然平気です」

そしてふたりは連絡先を交換、千晶は今度こそ自分のテントサイトに戻った。

――こうしておけばパンは焼ける。あとは、スープを温めて……。あ、ローストビーフを切ってみなきゃ！

ローストビーフを包んであったアルミホイルを剝がし、まな板シートにのせる。真ん中を狙って包丁を入れると、これぞローストビーフと言わんばかりのピンク色――一流レストランの料理のような仕上がりに、千晶は歓声を上げた。

「すごーい！　さすがアースオーブン！」

そのとき、美来がこちらを見た。

自分のテントサイトに戻って確かめてみたところ、幸い美来の焚き火台は、千晶が作った石の竈から見える場所に設置されていた。それでも、距離がけっこうあるから、声が届くかどうかは微妙だと思ったが、今の様子を見ると聞こえたようだ。

けれど、一瞬こちらを向いたものの、美来はまたすぐに俯く。じろじろ見るのは失礼だと思ったのだろう。

目の前には上出来のローストビーフ、スープもふたりで分けられなくもない。チーズやらウインナーやら酒のつまみだってたっぷりある。だが美来には白いごはんしかない。

炊き立てには違いないし、味付け海苔も佃煮もあるとは言っていたが、千晶の豪華夕食とは比べものにならない。

——初めてのソロキャンプ、好きにさせておくべきか、隣人のよしみで差し入れするべきか。うう、悩む……

味付け海苔と佃煮だけでごはんを食べる美来の姿が目に浮かぶ。満足そうに、でも少しだけ寂しそうな顔……もちろん、それは千晶の勝手な想像に過ぎない。それでも、まったくの見ず知らずとは言えなくなった今、自分だけ豪華夕食を楽しむのは気がひけた。

——えーい、迷うぐらいなら持って行こう。なんなら、叔父さんにあげてって言えばいい！

十六歳か十七歳、しかも足を怪我している。回復には栄養が必要、と無理やりお節介な自分を肯定し、ローストビーフを薄切りにする。

ケチで薄く切っているわけではない。美来はごはんを炊いている。そろそろ蒸らし終わったころだろう。ソースもたっぷりあるし、薄切りのローストビーフなら丼にできると考えたのだ。

パンが焼き上がるのには、もう少し時間がかかる。今なら、ローストビーフとスープを届けに行っても大丈夫だろう。

右手にスープを入れたシェラカップを持ち、蓋代わりにアルミホイルで包んだ薄切りローストビーフをのせる。もう片方の手でソースが入ったスキレットを持ち、美来のテントサイトに向かう。

さすがはゆったり仕様のキャンプ場、見えているのに中々近づかない。

足に怪我さえしていなければ、取りに来てー！と叫ぶところだが、そもそも怪我をしていなければ彼女と関わることもなかった。袖振り合うも多生の縁、とはこのことだ、と思いながら歩き、ようやく美来のところに到着した。

「ごはんは炊けた？」

「はい。もうすぐ蒸らし終わるところです。どうしたんですか？」

「おかずはどうかなーと思って」

「おかず？」

「うん。ローストビーフと野菜スープ。けっこう気合い入れて作ったんだよね。で、あんまり出来がいいから自慢したくなっちゃった。嫌いじゃなかったら食べてみてくれない？」

「ローストビーフが嫌いな人なんて、会ったことありませんよ。でも、いただいちゃっていいんですか？」

「どうぞ、どうぞ。そのままおかずにしてもいいけど、おすすめは丼」

「ローストビーフ丼！　それなら卵の黄身を落としてもいいかも」

「あーそれは美味しそう。卵も持ってきてるの？」

「はい。あ、でも……白身が余っちゃうか」

「白身はスープに入れちゃえばいいのよ。このお鍋、使っていい？」

「もちろん。いろいろ作るつもりで持ってきたけど、今日はメスティンしか使いません し」

「了解」

美来のアウトドアクッカーセットから一番小さい鍋を借り、シェラカップのスープを移す。これなら火にかけられるから、白身を入れて固めることができる。温かい野菜スープとローストビーフ丼なら、高二女子の食事としても及第点だろう。

美来が持っていた小さなステンレス皿にソースを半分ぐらい移し、千晶の作業は完了した。

「じゃ、あとは好きにして」

「え？」

「今、パンを焼いてるの。早く戻らないと焦げちゃうから」

食べるのも温めるのも自分のタイミングで、と言い残し、千晶は踵《きびす》を返す。

ローストビーフ丼を完成させ、スープも温め直してやりたい気持ちは山々だが、美来だってひとりの時間を楽しみたいに違いない。さっさと撤退すべきだろう。

――うわ、これはすごいわ！

厚く切ったローストビーフをソースに浸し、一気に頬張った。

まず、微《かす》かな赤ワインの風味を感じる。結構長く火にかけていたから、ほとんど飛んでしまったのではないかと思っていたが、さすがは赤ワイン、ちゃんと存在を主張している。だが、それもつかの間、強烈なニンニクの香りが取って代わる。陰にひっそりと生姜《しょうが》の味……爽やかでほんの少しだけ舌を刺激する。もちろん、不快なんかじゃない。ベースとなる醤油の包容力は素晴らしく、三者三様のあり方を許している。そんな珠玉とも言えるソースをまとったローストビーフは、これまで食べたどんなレストランのものよりもあっぱれだった。

呑み込むのがもったいなくて、もぐもぐと嚙《か》みながら缶酎ハイを開ける。ただし、いつものようにきりっと辛口でもお馴染《なじ》みでもない、アルコール濃度三パーセントの桃味だ。今日はこれ一本というわけではないので、あえて甘い酒を選択した。

もともと桃味は大好きだし、美来への差し入れという予定外の散歩、しかも帰りはパンが焦げないか心配で半ば駆け足だったせいで、汗は搔《か》くし、喉もからからだ。

甘くてゴクゴク飲める酎ハイは、天下の美味に思えることだろう。

ローストビーフの上に桃の味と風味が重なる。実のところ、この酎ハイは甘すぎて肉の味を妨げるのではないかと心配しないでもなかった。それでも喉の渇きと甘い酒が呑みたい気持ちを抑えきれず、桃味登場となったのだ。

駄目なら駄目で、いったん食べるのをお休みして、喉の渇きを癒せばいいとまで思ったけれど、無駄すぎる心配だった。上等の肉は、一本百円の酎ハイであろうと拒んだりしない。優しく受け入れて、両方の味を高めてくれた。

——あーしあわせ……。掘ったり埋めたり大変だったけど、ローストビーフを作ってよかった。いろいろ問題があるのはわかってる。それでも、少しは直火のキャンプ場も残ってほしいなあ……

キャンパーは楽しくても、キャンプ場を運営するほうは大変だ。キャンプの最中はいうまでもなく、チェックアウトしたあとまで、火事や環境への負荷を気にしながら見回らなければならない。後始末が不十分で、やり直しを強いられることもあるだろう。

美来の母親は四十代後半だそうだから、弟である叔父も似たり寄ったりの年齢のはずだ。直火キャンプを楽しめた最後の世代の気がする。

楽しさをよく知っているからこそ、運営が大変でも直火を許す。せめて自分のキャンプ場だけでも、直火の良さを味わってほしい気持ちがあるに違いない。

このキャンプ場に来られてよかった。予定外のアクシデントに巻き込まれはしたが、あれすらもプラス評価ができる。

千晶の生活で、高校生と触れ合う機会はほぼない。親戚の中には中高生もいるが、挨拶を交わす程度でろくに話したことはなかった。幅広い年齢層と付き合うことで、自分自身の考え方に柔軟性を与えられる気がした。

――あの子はもう食べ終わったころかな……。ローストビーフ、気に入ってくれてたらいいけど……。それより、今晩、ここで寝られるかな……

日は沈み、辺りは暗くなり始めている。

テントで寝るのなら、真っ暗になる前に支度を済ませたほうがいい。ひとりで大丈夫かな、と思ったとき、美来のテントサイトからスマホの着信音が聞こえた。

はっきりとは聞き取れないが、おそらく叔父、あるいは両親が様子を確かめに電話をかけてきたのだろう。

あの子には立派な叔父がついている。これ以上は、他人が心配する必要もないということで、千晶は自分のキャンプを楽しむことにした。

パチパチと焚き火が歌う。

前回のやぶれかぶれキャンプでは、『泣いている』としか思えなかったのに、今日は歌っているように聞こえる。そんな自分に苦笑しつつ聴き入る。

耳を澄ませなければ聞きとれないほど微かだけれど、炎を見て猛《たけ》る気持ちを鎮めてくれる。人類が火を道具として使い始めたその日から、闇に響き続けてきた歌だった。

歌い続ける焚き火の上には焼き網があり、スキレットがのせてある。スキレットの中はウインナーと少しの水が入っている。

せっかくの直火なんだから、スキレットなんて使わずに串にでも刺して焼けよ、脂が落ちれば焚き火の歌に迫力が出るはずだ、と言われるかもしれない。だが、千晶としては、キャンプの準備をしている最中に知ったばかりの方法を試したかったのだ。

スキレットにウインナーと水を入れて蒸し焼きにする。水がなくなったら、焦げ目が付くまでしっかり焼く。この『蒸し』と『焼き』の合わせ技が、ウインナーを美味しくしてくれるらしい。

ウインナーは茹《ゆ》でる派と焼く派に分かれるようだが、千晶はもともと『両取り』の人だ。

つまり鍋で茹でたあと、フライパンで軽く焦げ目をつける。間違いなく美味しいが、鍋とフライパンを使わなければならない。茹でて脂がたっぷり付いた鍋の始末は、多少味が落ちてもいいや、と思いたくなるほど面倒だし、脂とともにウインナーの旨みまで溶け出す気がする。

茹でるのではなく蒸す。しかも最初からフライパンに水を入れて蒸し焼きにする方法なら洗い物も増えないし、脂も旨みもしっかり残る。

これはやってみるしかない、ということでただいま絶賛トライ中なのだ。

スキレットに被せてあったアルミホイルを外してみた。

水はほとんどなくなっている。これならもう蓋はいらない。あとは時々転がして焼き目をつけるだけだ。そろそろ酒の支度をしていいだろう。

酒とは言っても、酎ハイでもビールでもない。ローストビーフがあまりにも美味しくて、どちらもとっくに呑み干した。野菜スープもきれいに平らげ、なけなしの理性で、明日の朝のサンドイッチ用のパンとローストビーフを数切れ残した。

食事を終え、食器や鍋を片付けていると、テントサイトの前の道を車が走っていく。暗くてよく見えなかったけれど、隣のテントサイトで止まったから、おそらく管理人が様子を見に来たのだろう。

テントで寝るにしても引き上げるにしても、判断はふたりがする。自分の出る幕じゃない。あとはゆっくり寝酒を楽しむことにしよう。

クーラーボックスからウイスキーのボトルと保冷剤代わりにしてきたペットボトルを取り出す。氷こそないが、ペットボトルの解けた水がものすごく冷たいし、タンブラーは保冷式だから水割りには十分だろう。

タンブラーの底から三センチほどウイスキーを注ぎ入れ、水を足す。

うむ、ツーフィンガーですな、なんてしたり顔で言ったところで、車のエンジン音が聞こえた。美来のテントサイトに目をやると、まだランタンらしき明かりが見える。どうやら彼女は、ここで夜を過ごすことになったようだ。

やがて車のヘッドライトが動き出した。そのまま通り過ぎるかと思いきや、千晶のテントサイトの前で止まり、管理人が降りてきた。

「こんばんは」

「こんばんは。美来さん、お泊まり決定ですか？」

「はい。痛みも心配したほどじゃないようですし、あとは寝るだけなのでなんとかなるかな、と」

「それはよかったです」

「ご心配をおかけしました。それに、差し入れまでいただいたそうですね。なにからなにまで申し訳ありません」

「いえいえ。お節介かなとは思ったんですけど……」

「とんでもない。本人も大喜びでしたし、めちゃくちゃ旨かったですよ」

「え……？」

旨かったらしい、ではなく、旨かったと管理人は言う。そして、ぺろりと舌を出して言った。

「美来が少し残してくれてました。これは絶対食べるべきだって。『全部食べたかったのを我慢したんだから、ありがたく思ってね！』なんて、自分が作ったわけでもないのに」

「そうだったんですか。でもまあ……お口に合ったならよかったです」

「今まで食べた中で一番旨いローストビーフでした。榊原さんは、料理がお上手なんですね」

「私じゃなくて、管理人さんのおかげです」

「は？」

「あれ、アースオーブンで作ったんです。直火じゃなければ無理でした」

ダッチオーブンがあればできたかもしれないが、自分は持っていない。直火が許されているからこそできた料理であって、自分はただ塩を振って包んで埋めただけ、と言う千晶に、管理人は珍しいものを見るかのような目で言った。

「大変だったでしょうに……それなのに、美来に分けてくださったんですか？」

「たまたま大きなかたまり肉だったんです。あんなに大きくなかったら独り占めしてましたけど」

「いやいや、明日の朝ごはんでもいいし、車で来てるんだから持って帰ったっていいじゃないですか」

「隣に味付け海苔だけでごはんを食べてる子がいるのに？」

そこまで無情じゃない、と笑う千晶に、管理人は深々と頭を下げた。

「本当にありがとうございました。俺は正直、中止させようと思ってました。人の手を借りてなんてソロキャンプの意味ないだろうって……。だけどあいつ、目茶苦茶楽しそうにしてました。飯と海苔だけでも十分だと思ってたけど、こんなご馳走《ちそう》にありつけるなんて、って大喜び」

次は自分もこういうのを作ってみたい、と美来は張り切っていたそうだ。

さらに管理人は、ためらいがちに訊ねてくる。

「あいつからなにか聞きましたか？」

「なにかというと？」

「学校のこととか」

「行ってないっていうことだけは」

「やっぱり……」

「やっぱりって？」

「なんか、妙にすっきりした顔してました。きっといいアドバイスをしてくださったんでしょうね」

「私はなにも。あ、一般論ぐらいは話しましたけど」

「一般論でもなんでも、本人がなにか得るものがあった。それが大事なんです。でも、ちょっと意外です。あいつ、けっこう内向的なのに、初めて会った人とそんな話ができたのかって」

「だからでしょうね」

怪訝な顔をした管理人に、千晶は自説を語る。

初めて会った、かつもう二度と会わないかもしれない。自分のことなんてまったく知らない相手だからこそ、ふっと告げたくなる。悩みなんてそんなものだと……

管理人は少し目を見開いて千晶を見たあと、こっくり頷いた。

「かもしれませんね。いずれにしてもお世話になりました。あいつの様子は、明日の朝一番で俺が見に来ます。榊原さんはゆっくり過ごされてください」

「了解です。じゃあ、私は寝酒をいただくことにします」

「焚き火を前に一杯。キャンプの醍醐味ですね」

そう言うと、管理人は車に戻っていく。

歩いてきていれば酒の一杯もすすめられたが、車では無理だ。なにより、これ以上は親切の押し売りになりかねない。おとなしく管理人を見送り、千晶は水割りを呑み始めた。

ウインナーにはまんべんなく焦げ目が付き、皮がぴんと張っている。箸のほうが食べやすいのだが、皮がはじける感触を楽しみたくて、あえてフォークを刺してみた。

プシッという音が聞こえ、刺した穴から肉汁があふれ出す。食べる前から、茹でてから焼いたものとは別物だとわかり、目尻が勝手に下がる。

考えなしにがぶりとやって『あちっ！』と声を上げるというお約束の行動のあと、水割りを呑む。ウイスキーは大好きなシングルモルト、氷が擦《こす》れ合う音がないのは寂しいけれど、十分冷たくて洋梨に似た香りが鼻に抜ける。

ウインナーを齧《かじ》っては水割りを一口、ほうっとため息を漏らし、また一口。ふと思いつき、スキレットに残っているウインナーにスライスチーズを被せ、溶けるのを待ってまた一口……

気づくと、美来のテントサイトのランタンが消えていた。

時刻は午後九時を過ぎた。あとはテントの中で過ごすことにしたのだろう。

叔父や千晶の手を借りてとはいえ、ひとりで夜を越す経験は、彼女の考え方やものの見方に少なからず影響を与えるはずだ。

彼女がいつまで叔父のところにいるつもりかはわからない。本人も周りも学校のことは気になるだろうけれど、学校だけが全てではない。いろいろな経験を自信に繋げ、自分の道を選び取ればいい。

——進むのが辛いときは止まって休めばいい。また進みたくなるまで、ずっとそこにいたってかまわない。世界は案外優しい。困っている子どもには特に。いろんな人に助けてもらいながら、見たい風景を探していけばいいんだよ……

頑張れ美来さん！と声に出して言う。彼女のテントまで聞こえるはずはないが、応援する気持ちは伝わるかもしれない。

毎日ただ暮らしているだけでは、誰かの役に立っているという実感なんて得られない。けれど、少なくとも今日、美来の気持ちだけは軽くすることができたらしい。

大人になると、辛いからといって立ち止まってばかりはいられない。助けてくれる人だってどんどん減っていく。だからこそ、どんな小さなことでも自分の成果と認め、自信に変え、それを足がかりにして進まなければならない。

――ソロキャンプにしては登場人物が多すぎたけど、今回はとことん焚き火を堪能できた。焚き火で作るごはんは最高だし、この先あの子がいい方に向かえたとしたら、私のおかげってことで……

自己満足が過ぎるな、と苦笑したあと、竈の中に組み上げた薪を崩した。

火の粉がぱっと散り、炎は姿を消す。それでもなお炭に変わりつつある薪は、橙色《だいだいいろ》の光を発している。まだしばらくは千晶を温めてくれるだろう。身体ばかりではなく、心までも、これからの人生にしっかり向き合えるように……

そして千晶は、タンブラーに酒を足す。残り火がすっかり消えるまでひとり呑みの夜を楽しむつもりだった。

ソロキャン！

朝日文庫

2022年8月30日　第1刷発行
2023年6月30日　第4刷発行

著　者　秋《あき》川《かわ》滝《たき》美《み》

発行者　宇都宮健太朗
発行所　朝日新聞出版
〒104-8011　東京都中央区築地5-3-2
電話　03-5541-8832（編集）
03-5540-7793（販売）

印刷製本　大日本印刷株式会社

Published in Japan by Asahi Shimbun Publications Inc.
定価はカバーに表示してあります

ISBN978-4-02-265056-6

浅田 次郎
椿山課長の七日間

突然死した椿山和昭は家族に別れを告げるため、美女の肉体を借りて七日間だけ〝現世〟に舞い戻った！ 涙と笑いの感動巨編。《解説・北上次郎》

伊坂 幸太郎
ガソリン生活

望月兄弟の前に現れた女優と強面の芸能記者⁉ 次々に謎が降りかかる、仲良し一家の冒険譚！ 愛すべき長編ミステリー。《解説・津村記久子》

伊東 潤
江戸を造った男

海運航路整備、治水、灌漑、鉱山採掘……江戸の都市計画・日本大改造の総指揮者、河村瑞賢の波瀾万丈の生涯を描く長編時代小説。《解説・飯田泰之》

今村 夏子
星の子
《野間文芸新人賞受賞作》

病弱だったちひろを救いたい一心で、両親は「あやしい宗教」にのめり込み、少しずつ家族のかたちを歪めていく……。《巻末対談・小川洋子》

宇江佐 真理
うめ婆《ばあ》行状記

北町奉行同心の夫を亡くしたうめ。念願の独り暮らしを始めるが、隠し子騒動に巻き込まれてひと肌脱ぐことにするが。《解説・諸田玲子、末國善己》

江國 香織
いつか記憶からこぼれおちるとしても

私たちは、いつまでも「あのころ」のままだ──。少女と大人のあわいで揺れる一七歳の孤独と幸福を鮮やかに描く。《解説・石井睦美》

恩田 陸
錆びた太陽
立入制限区域を巡回する人型ロボットたちの前に国税庁から派遣されたという謎の女が現れた！ その目的とは？ 《解説・宮内悠介》

小川 洋子
ことり
《芸術選奨文部科学大臣賞受賞作》
人間の言葉は話せないが小鳥のさえずりを理解する兄と、兄の言葉を唯一わかる弟。慎み深い兄弟の一生を描く、著者の会心作。《解説・小野正嗣》

角田 光代
坂の途中の家
娘を殺した母親は、私かもしれない。社会を震撼させた乳幼児の虐待死事件と〈家族〉であることの光と闇に迫る心理サスペンス。《解説・河合香織》

久坂部 羊
老乱
老い衰える不安を抱える老人と、介護の負担に悩む家族。在宅医療を知る医師がリアルに描いた新たな認知症小説。《解説・最相葉月》

今野 敏
TOKAGE《トカゲ》
特殊遊撃捜査隊
大手銀行の行員が誘拐され、身代金一〇億円が要求された。警視庁捜査一課の覆面バイク部隊「トカゲ」が事件に挑む。《解説・香山二三郎》

重松 清
ニワトリは一度だけ飛べる
左遷部署に異動となった酒井のもとに「ニワトリは一度だけ飛べる」という題名の謎のメールが届くようになり……。名手が贈る珠玉の長編小説。

鈴峯　紅也
警視庁監察官Q
人並みの感情を失った代わりに、超記憶能力を得た監察官・小田垣観月。アイスクイーンと呼ばれる彼女が警察内部に巣食う悪を裁く新シリーズ！

小説トリッパー編集部編
20の短編小説
人気作家二〇人が「二〇」をテーマに短編を競作。現代小説の最前線にいる作家たちのエッセンスが一冊で味わえる、最強のアンソロジー。

金原　ひとみ
クラウドガール
刹那的な美しい妹と規律正しく聡明な姉。姉妹にしか分からない、濃密な共感と狂おしいほどの反感が招く衝撃のラストとは？《解説・綿矢りさ》

貫井　徳郎
乱反射
《日本推理作家協会賞受賞作》
幼い命の死。報われぬ悲しみ。決して法では裁けない「殺人」に、残された家族は沈黙するしかないのか？　社会派エンターテインメントの傑作。

西　加奈子
ふくわらい
《河合隼雄物語賞受賞作》
不器用にしか生きられない編集者の鳴木戸定は、自分を包み込む愛すべき世界に気づいていく。第一回河合隼雄物語賞受賞作。《解説・上橋菜穂子》

梨木　香歩
f植物園の巣穴
歯痛に悩む植物園の園丁は、ある日巣穴に落ちて……。動植物や地理を豊かに描き、埋もれた記憶を掘り起こす著者会心の異界譚。《解説・松永美穂》

朝日文庫

山本　一力
たすけ鍼《ばり》

深川に住む染谷《せんこく》は〝ツボ師〟の異名をとる名鍼灸師。病を癒やし、心を救い、人助けや世直しに奔走する日々を描く長編時代小説。《解説・重金敦之》

森見　登美彦
聖なる怠け者の冒険
《京都本大賞受賞作》

宵山で賑やかな京都を舞台に、全く動かない主人公・小和田君の果てしなく長い冒険が始まる。著者による文庫版あとがき付き。

横山　秀夫
震度0《ゼロ》

阪神大震災の朝、県警幹部の一人が姿を消した。失踪を巡り人々の思惑が複雑に交錯する。組織の本質を鋭くえぐる長編警察小説。

柚木　麻子
嘆きの美女

見た目も性格も「ブス」、ネットに悪口ばかり書き連ねる耶居子は、あるきっかけで美人たちと同居するハメに……。《解説・黒沢かずこ（森三中）》

綿矢　りさ
私をくいとめて

黒田みつ子、もうすぐ三三歳。「おひとりさま」生活を満喫していたが、あの人が現れ、なぜか気持ちが揺らいでしまう。《解説・金原ひとみ》

宇佐美　まこと
夜の声を聴く

引きこもりの隆太が誘われたのは、一一年前の一家殺人事件に端を発する悲哀渦巻く世界だった！　平穏な日常が揺らぐ衝撃の書き下ろしミステリー。